光文社文庫

連作時代小説集

ひやかし

中島　要

光　文　社

目次

素見
ひやかし

吉原《よしわら》の夜はいつも明るい。

妓楼《ぎろう》の灯《あかり》に照らされた花魁《おいらん》たちの華やかさ、何より押しかける男どもの機嫌のいいことといったら。からかい、嘲笑、好意、懇願——張見世《はりみせ》の格子越しに、さまざまな思惑が笑顔と嘘でやり取りされる。その上っ調子な様は今夜限りの祭りのようだが、ここでは毎夜繰り広げられている。

そんな浮かれた廓《くるわ》うちで、浮かないものは客のつかない女郎ばかり。お茶挽き女郎はお内所《ないしょ》（楼主《ろうしゅ》）や遣手《やりて》の目を恐れ、焦《あせ》って客を引こうとする。

ところがそういうときに限って、男は思わせぶりな態度の挙句、他所《よそ》へ行くから性質《たち》が悪い。袖を逃《のが》したみじめな鳥はつれない背中を睨《にら》みつけ、違う男に微笑みかける。

さて、今夜も同じことばかりを繰り返すうちに、暮れ六ツ（午後六時）の鐘から二刻（約四時間）が過ぎた。腕っこきの女郎なら、すでに客を二、三人廻している時分である。通りの客も目に見えて減り、仲之町《なかのちょう》に面した五町《ごちょう》がひとつ、角町《すみちょう》の小見世巴屋《ともえや》で張見世に座っている白妙《しろたえ》こと、おなつを素見《ひやか》す客もまばらになった。

江戸で唯一公許の遊廓である吉原では、妓楼の格は張見世の籬《まがき》でわかる。一面格子でおおわれた惣《そう》籬が大見世、上四分の一だけ明いているのが中《ちゅう》見世で、小見世は下半分にしか格子がない。よっておなつは格子の上から顔をのぞかせている寸法だが、さだめし売れない安女郎、きっとご面相がひどいのだろうと決め付けられては困る。

小見世とはいえ、巴屋はれっきとした大町《だいちょう》小見世。大見世のように太夫、格子はいなくても、そこらの小見世、切《きり》見世に比べればずんと格上の妓楼なのだ。

ゆえに抱えている女郎の容姿だって粒揃い。おなつだとてぐっと結んだ口元に気の強さをにじませるものの、切れ長の目元といい、通った鼻筋といいなかなかの美形なのである。

実際、白妙の名で見世に出たばかりの頃は、若さと美貌でけっこうな数の客がついた。が、客の大半が馴染みとならなかったのが身の不運。

大名道具の太夫と違い、「意地」の「張り」のと言っていられぬ小見世の女郎は、口説きと手管《てくだ》が何より肝心。あいにくと二つがふたつ、おなつは持ち合わせていなかった。

そのうちに「巴屋の白妙は眺めるだけに限る。床に入るととんだ丸太ん棒で、そこらの地《しろ》女《うと》と変わらねぇ。あんなのぁつまらねぇからやめておけ」と、知ったかぶりで吹聴する吉原雀《すずめ》が現れた。すると、おなつと寝るのは恥だと思うようになるのだから男というのは度し難い。

数年たつと、おなつの客は「慣れた女郎はかえって興ざめ」というやくざ者か、江戸見物の思い出に吉原へ繰り出した田舎者ばかりになってしまった。

いくら売り物買い物だとて、女郎にだって心はある。野暮な田舎者や下種《げす》なゴロツキの相手など御免被《ごめんこうむ》りたいのが本音。そういう輩《やから》は女郎を手ひどく扱うから、見世の方だってい い顔はしない。別の客がつきさえすれば、振っても文句は出なかった。

しかし売れないおなつには、代わりの客がいなかった。だからこそ賽《さい》の目次第でたまさか金をつかんだ男がふらりと見世に現われると、死ぬ思いで相手を務めるよりほかはない。

なに、ちょっとばかりの辛抱だ。永遠に続くわけでも、命を取られるわけでもない。

いや、いっそこのまま死んでしまえば、こんな苦界《くがい》とおさらばできる。それこそ好都合じゃないか。

おなつは歯を食い縛り、男の身体の下で嵐が過ぎるのをじっと待った。

そんな女の近頃の願いといえば、まっとうな馴染みを捕まえることだ。今更、どこかのお大尽《だいじん》に気に入られ――なんて虫のいいことは思わない。せめて真面目な商家の番頭や堅気の職人に通ってもらえたらどんなにいいか。

そう思って今夜も職人姿の男たちに熱い眼差しを送っていたが、どうも効き目はいまひとつ。

(ったく不景気だねぇ。このまんまじゃお内所に何をされるかわかりゃしない。あぁ、もう。こっちゃ素見なんぞに用はないんだ。登楼《あが》る気がないんだったら、さっさと他所に行っとくれ)

焦《じ》れてそっぽを向いたとたん、張見世をのぞきこんでいた半纏着《はんてんぎ》の男が、「美代川《みよかわ》がいないんじゃあ登楼っても仕方がねぇ」と大声を張りあげて去っていった。そんなことさえ癇《かん》に障《さわ》ってイライラと煙草盆に手を伸ばしたとき、隣に座っていた雲井《くもい》がそっと袖を引いた。

「白妙さん、あの浪人、今夜も来ているじゃないか。まったくよく続くものだねぇ」

声を潜めた一言で、おなつの眉間に皺《しわ》が寄った。

雲井の言う「あの浪人」とは、春からずっと巴屋の張見世を眺めているだけの男のことだ。毎晩現われるくせに、黙って立っているばかりで女郎に声すらかけようとしない。あれで何が楽しいのかと、客引きの若い衆も首をひねるほどである。

もっとも、夜ごと吉原に繰り出し素見すだけの男は多い。二朱《しゅ》見世とも呼ばれる小見世でも、普通の男にはかなりの物入り。そこで懐と股の間に余裕のない男たちは、張見世の女郎をからかったあと、西河岸《にしがし》か羅生門《らしょうもん》河岸の切見世で本来の目当てを果たすのである。

線香一本が燃え尽きる間を一切《ひときり》という。その間百文の切見世女郎は、五町の女郎より見た目も身体も数段落ちるが女には違いない。男の欲望と先立つもの、二つを天秤にかければそう流れるのは理《ことわり》だった。

しかし、その浪人は巴屋の前を動こうとしない。物好きな若い衆が一度帰りがけをつけたところ、見世からまっすぐ大門《おおもん》に向かいそのまま日本堤を歩いていったという。

さて、そんな浪人の狙いは何か。はじめの頃はそこそこ物議をかもしたが、今では人の口に上らなくなっていた。

（あと半刻〈一時間〉もすれば引け四ツ〈午前零時〉だっていうのに。一晩くらいお茶を挽いても、雲井さんはどうってことないんだろうね）

ふいに自分がみじめになり、おなつはちらりと横に目をやる。

派手な緑青《ろくしょう》の打掛に白地の帯を結んだ雲井は、下がった目尻に愛嬌のある丸顔だ。そのやさしげで情の深そうな顔立ちは、乙《おつ》に澄ました美人よりかえって魅力があるらしい。おかげで雲井にはまめに通ってくる堅い馴染みが何人かいた。

そういう女と張見世でつるむつもりはなかったけれど、話しかけられれば無下《むげ》にもできない。何といっても今夜は二人、仲良く売れ残っている間柄だ。

おなつは少しばかり間を詰めると、やはり小声で囁《ささや》いた。

「本当に。こんな客のつかない晩に登楼りもせずに見張ってられちゃ、無駄に腹が立って仕方がないよ。たつものがたたなくてもお足があれば役に立つが、お足がなけりゃあ役立たず。声もかけずに毎日毎日突っ立ってるだけ。してみりゃ素見ですらない。あれは浅草田圃《たんぼ》の案山子《かかし》だね」

フンと鼻を鳴らしてみせれば、雲井は笑いを押し殺した。

「そりゃいい。お足が足りずに片足立ちかい。でもさ、あんたにゃ気の毒だけど、あの浪人さんにしてみりゃ今日はいい日じゃないかねぇ。いとしの白妙さんの顔を一晩中眺めていられてさ。あらぬ嫉妬に苦しむこともないってもんさ」

やけにしみじみとした相手の口調に、おなつは胸のうちで眉間の皺を深くする。そもそも最初にあの浪人に気が付いて、「気味が悪い」と騒ぎ立てたのはこの雲井だったのだ。

桜の名所浅草寺《せんそうじ》に近い吉原は、花の雲がかかる頃、いつにも増して人でにぎわう。そして、花が散っても欠かさずやって来る男の狙いを雲井は初めこう言い切った。

「あれはきっと、どこぞの旦那が馴染みの女郎を張らせてるのさ。『心底惚れたはぬしさんだけ』とか言っときながら、陰で若い間夫《まぶ》に入れあげてんじゃないかと気になって仕方がないんだろうよ。ほんと、金のある奴はろくなことをしないねぇ」

もっともらしい顔つきで当て推量を並べ立て、身に覚えのある仲間たちの不安と顰蹙《ひんしゅく》を買ったものだ。

だが、何事もなく一月《ひとつき》がたち、男の目当てがおなつではないかと噂されるようになるなり、すぐさま前言をひるがえした。

旦那どころかまともな馴染みもいないとなれば、「金持ち旦那の嫉妬」説はとたんに力を持たなくなる。そこで新たに持ち出したのが「貧しい浪人の片恋」説だった。

「あの浪人はさ、きっと女遊びなんぞしたことのない朴念仁《ぼくねんじん》なんだよ。そんなお人が吉原《なか》に来て、張見世の白妙さんに一目惚れ。普通ならそこで見世に登楼って思いを遂げるところだが、あの浪人はとことん初心《うぶ》だったんだろう。いとしい女を金で好き勝手にするなんぞ、武士の沽券《こけん》に関わるとかなんとか。それでああやって指を咥《くわ》えて眺めてるって寸法さぁ。そりゃ懐じゃなく、股座《またぐら》にしか金がないってこともあるんだろうがねぇ」

訳知り顔で好き勝手なことを吹聴され、おなつはあきれ返ってしまった。

どこぞの生娘《きむすめ》相手でもあるまいに、大の男が女郎に惚れて、買わないなんぞあるものか。いくら貧乏浪人だとて、この身は売れない小見世の女郎、たかだか二朱の揚げ代だ。ちょいと気を入れりゃあ一介の職人、商人《あきんど》ですら作れるものを、仮にも二本差していて情けないにもほどがある。それとも雀に乗せられて、ただ眺めるが上策と思い定めた役立たずか。

勢いよくそう言い返すと、雲井はいつになく真顔で声色を改めた。

「そりゃ道理でいやぁ、あんたが言う通りだろうよ。でも、そうそう道理が通らないのが、この道ってやつじゃないさ。あんたは知らないだろうけど、若い衆の話じゃ、あんたに客がつくとそりゃあ暗い表情で立ち去るらしい。本当は身請けしたくても、そんな大金には縁がない。かといって、他の男と同じように客としてあんたを抱きたくもない。ねぇ、なんとも泣かせる純情じゃないか。同じ女郎の身としてみりゃ、うらやましいかぎりだよ」

肝心の浪人とは一言も言葉を交わさないまま、真剣に男の心情とやらを代弁する。今どきの草紙ですらお目にかかれない甘ったるい想像をおなつは鼻で嗤《わら》ったが、心からそう思っているらしい女の言葉に満更《まんざら》でもなく思い始めた。

暮れ六ツの鐘を合図に張見世に座るとき、女郎は一番人気を真ん中にして一列に並ぶ。勢い売れないおなつはいつも端に座るわけだが、男というのは誰しも人の欲しがるものを欲しがるものだ。ひとり抜け、二人抜け……めぼしい鳥のいなくなった鳥籠には、素見ですら足を止めなくなってしまう。

新造《しんぞ》が奏でる三味線はにぎやかに鳴り響き、行灯《あんどん》の灯は夜更けてなおまぶしいほどなのに。見世の前を通る男たちは、まるでおなつなどいないかのように通り過ぎていく。それが人として、いや女郎として、どれほどみじめで情けないことか。

そんなおなつの前に現われたのが、あの浪人だった。吉原雀の邪魔にならぬよう、少し離れたところからじっとこちらを見つめている男。その眼差しには女郎を吟味しようとする下卑た気配はまるでなく、どこかいたわりや悲しみがこもっていた。

とはいえ、少しばかりなぐさめられたところで何ほどのものか。絵に描いた餅で腹が膨れぬように、どれほど見つめられても一文の得にもならないのだ。

だからこそ三月《みつき》ばかり前、雲井がとんでもないことを言い出したときは、あきれ果てて声もなかった。浪人の日参が三月を越えると、妙に男に肩入れした女は「あんたの身揚がりで相手をしてやったら」と言い出したのである。

身揚がりとは、女郎が自腹を切って客と同衾《どうきん》することを指す。間夫に会いたい一心で身銭を切る者もいなくはないが、一度も登楼ったことのない見ず知らずの男を身揚がりで相手にするなど正気の沙汰ではない。

さすがのおなつもこれには返事をしなかった。

(他人事《ひとごと》だと思って言いたいことを言ってくれるよ。なんであたしがあんな汚らしいオケラ侍と、金を払ってまで寝なくちゃならないのさ)

聞こえないふりでさっと背を向け、腹のうちで吐き捨てた。

一介の女郎に落ちたとはいえ、胸中にはまだ捨てきれない矜持《きようじ》がある。「金で買われた」と思わなければ、素性も知らぬ男に抱かれるなどとうてい耐えられるものではない。おまけにおなつは、男というものが心底嫌いだったのだ。

女郎暮らしも五年を数え、すっかり蓮っ葉な物言いと廓言葉が板についたが、これでもおなつは侍の娘。かつて皆川《みながわ》藩米倉《よねくら》家に仕えていた武士、大下彦十郎《おおしたひこじゅうろう》の娘である。

大下家は五十石取りの微禄とはいえ、代々続くれっきとした士分だ。その娘がなぜこんなことになったかといえば、婚礼を控えた十八の春、父彦十郎の犯した不始末のためであった。

若い頃から武芸自慢だった彦十郎は、昨今の武芸軽視学問尊重の気風に反感を持っていたが、元禄十五年（一七〇二）の暮れに、そんな鬱憤《うっぷん》を一掃するまたとない報を耳にする。すなわち、世に名高い「赤穂《あこう》の義士討ち入り」事件である。

ちょうど殿様の参勤に従って江戸に来ていた彦十郎は、「これぞ武士の鑑《かがみ》」と、江戸の町人に交じって快哉《かいさい》を叫んだ。そして「武士道未だ死せず」と興奮していたのだが、その後の幕府の裁定を聞いて怒り狂った。赤穂の義士はすべて死罪を命じられ、せっかくの義挙は武士道における仇討《かたきうち》とは認められなかったのである。

——幕府は日ごろ忠孝の道を声高に説いておきながら、忠義の志士を処罰するとは何ごとか。

義憤にかられた彦十郎は、国許に帰ってからもあちこちでそのことを言い散らかした。己の腕を頼みとし時流に乗る術《すべ》を知らない男を、周囲の人々は以前から持て余し気味だった。

とはいえ、根が単純であるため、みなに「そうか、そうか」となだめられれば何ほどのものでもない。だからこそ、そのときは何も起こらなかったのだが。

宝永七年（一七一〇）に討ち入りを題材とした人形浄瑠璃『碁盤太平記』が上方《かみがた》で上演されると、たちまちその評判が江戸にまで届き、彦十郎の胸には再び「義士熱」が甦《よみがえ》った。「我こそはあの義挙の生き証人なり」と鼻息も荒く、滞在していた江戸屋敷でもことあるごとに討ち入り話を繰り返す始末。

そして春、藩士数人で出かけた花見の席でも得意の講釈をぶって一座を見回したところ、ひとりだけ仏頂面《ぶっちょうづら》でそっぽを向いている朋輩《ほうばい》に目が留まった。その名を田坂孫衛門《たさかまごえもん》といい、勘定方勤めで「算盤《そろばん》は強いが武芸はさっぱり」という彦十郎が特に毛嫌いする類《たぐい》の男であった。

考え方の違う侍が二人、双方酒が入っていたこともあって口論となり、先に刀を抜いたのは弁舌でかなわぬ彦十郎だった。腕に覚えのない孫衛門は、いつもならその時点で頭を下げていただろう。

しかし、ところは満開の花見でにぎわう人ごみの中である。いくら自信がないとはいえ満座の席で頭は下げられんと思ったのか、孫衛門も腰のものを抜いた。それを見た彦十郎は「おお、よくぞ抜いた」とさらに興奮し、酔いのためか積年の鬱屈ゆえか、一刀の下に相手を斬り捨てたのである。

それまでは花見の喧嘩とはやし立てていた野次馬たちも、本当に人が死んでしまえばさすがに面白がっていられない。こりゃ大変だと番屋に向かって駆け出していく。一方、その場の皆川藩士はどうしたものかと顔色《がんしょく》を失《な》くす。

ただならぬ混乱の中、途方に暮れつつも真っ先に動いたのは大下彦十郎本人だった。足元に横たわる孫衛門の死体にすっかり酔いもさめ、後先のことも考えずその場から逃げ出した。しばらくしてそれに気付いた残りの藩士は慌てたが、今更どうすることもできない。駆けつけた同心には「武士同士の刃傷《にんじょう》につき関わり無用」と説明し、遺体を担いでひとまず江戸屋敷に持ち帰った。

国許のおなつがこの刃傷沙汰を知ったのは、それから十日ほど後のこと。

宴席で酒に酔って同僚を斬り、あまつさえそのまま出奔したと聞かされては、いかに親子の間柄でも同情の余地はない。いや、むしろ親子の間柄だからこそ、おなつの怒りと失望は人一倍強かった。

(父上はあれほど赤穂の義士を賛美し、武士の覚悟とやらを唱えていらっしゃったではありませぬか。武士同士、酒の席でのこととはいえ、互いに刀を抜いた上での尋常な立合いであったなら、なぜお逃げになったのです。もしご自分に非があったと思われたなら、なぜその場で腹を切られなんだのです。父上ひとりがお逃げになれば、国許のわたしたちがどうなるか。まさかおわかりにならぬはずがありますまい）

あまりのことに臥《ふ》せってしまった母の看病をしながら、おなつは胸の中で父を激しくなじった。

腕に覚えのある男が往々にしてそうであるように、父も母や娘にひたすら従順であることを望んだ。彦十郎は昨今の軟弱な武士を嘆くとき、決まってこう付け加えたものだ。

「いくら武士が惰弱《だじやく》になったとはいえ、女がしゃしゃり出るのはさらに見苦しい。昔から『女の浅知恵』と言って、女が余計な気を回すと物事が思いがけず厄介なことになる。女というものは男の言うことに疑念を挟まず、ただ従っておればよい」

重々しい顔つきで言い切る父を、母とともに尊敬の眼差しで見上げていた。そう語る父は誰より強く、常に正しいと信じていた。だからこそ一朝ことあらば、どんなことをしても守ってくれるのだと思い込んでいたのに。

ずっと父に抱いていた尊敬の念が露と消え去ったとき、おなつの婚礼も消えた。大下家は即刻取り潰しとなり、継ぐべき家を失った兄彦之助《ひこのすけ》は、母とおなつを連れて江戸に出た。一万三千石の小藩にあって、かくの如き不始末をしでかした者の身内がそのままいられるはずなどなかった。

そうして始まった江戸での暮らしは、慣れないことの連続だった。兄は「どこかの藩に仕官してみせる」と力んでいたが、とてもそんなことが叶うとは思えなかった。

何といっても、藩を追われた理由が理由だ。無論それは彦之助のせいではないが、彦十郎のような父を持つ者をあえて召し抱えようというところが果たしてどれほどあるだろう。おまけに彦之助は、武芸も学問も人より抜きん出たところのない凡庸な男なのだ。

父にすっかり絶望したおなつは、兄に対しても厳しい目を向けるようになっていた。

（兄上に任せていたのではとても食べていかれない。母上もすっかり弱ってしまわれたし、わたしがしっかりしなくては）

そう考えたおなつは、どうにか落ち着いた裏長屋で近所の子供に手習いを教え始めた。何分貧しい者たちが住む長屋のこと。果たしてうまくいくかと案じたが、五人ばかりの子供が集まり、謝礼として持参される商売物の余りや少しばかりの銭で辛うじて日を送ることができた。

だが今にして思えば、その子らに真実読み書きが必要だったのか。おなつのいた裏長屋は、担ぎ売りの商人が多かった。銭勘定さえできていれば、無筆でも困らなかったのではなかろうか。病の母親を抱え、頼りない兄に代わって孤軍奮闘する年頃の娘を、周囲の人々が見かねて気を回したのかもしれなかった。

金はなくても情はある——長屋の衆の思いやりでなんとか新しい暮らしになじんでいった
おなつとは裏腹に、彦之助は仕官口を探すと言っては夜も家を空けることが増えていった。
そしてほとんど寝たきりになった母は、口を開けば泣き言ばかり。ひとり傍《そば》で聞いているの
もつらかったが、もはや母だけがおなつの大事な身内であった。
そんなある日、向かいの担ぎの八百屋から「兄さんを浅草の矢場で見かけた」と告げられ、
おなつは顔を強張《こわば》らせた。江戸に出てはや数ヶ月が過ぎ、「浅草の矢場」がどういうところ
か、およそ想像がつくようになっていた。
けれども妹の立場では、兄を諌《いさ》めることなどできない。その上、母の世話に手習い指導
……どうにも身動きが取れなかった。
(所詮、父上も兄上も……自分のことしかないんじゃないの)
忙しく立ち働きながらも手の空いた一瞬、おなつの頭をよぎるのは常にそんな思いだった。
男だから武士だから……さぞかし女の自分なんぞが思いも寄らぬ深い考えがあるのだと思
っていたのに。いざ困難が起こってみれば、わが身のことが最優先。弱い女のことなどかけ
らも守ってくれはしない。
もう金輪際男など当てにするものかとひとり腹をくくった頃、妙にべたつく視線を感じた。
まるで値踏みをするような眼差しに薄ら寒い思いをしていると、隣家のおかみさんが井戸端

で声をかけてきた。

「ちょいと、おなつちゃん。女衒《ぜげん》の喜八《きはち》があんたのことをやたらじろじろと見ていたけれど、大丈夫かい。あんたの兄さん、まだ帰ってきてないんだろ」

その言葉を聞いて——おなつはすべてわかったような気になった。

いや、それでもまだどこかで信じていた。いくらなんでも、兄が自分を女郎に売るなどあるはずがないと。

しかし、米粒ほどの小さな期待は、喜八を伴って久しぶりに帰ってきた彦之助によって打ち砕かれた。

「おなつ、おれの仕官のためにどうしても金が要るのだ。大下家再興のため、どうか了見して吉原に身を沈めてくれ」

予想はしていてもすぐには口が利けずにいると、喜八が忍び笑いの末、あきれたような声を出した。

「あんたもひどいお人だね。仮にも実の妹を騙くらかして女郎にしようっていうのかい。娘さん、酷な話かもしれないが、あんたが売られるのは仕官のためなんかじゃない。この旦那があちこちの盛り場で作った借金のせいさ」

その人を食ったようなふてぶてしい態度に、彦之助の表情が一変する。

「だ、黙れ」

「今日、明日にも金を作らなければ、自分の命が危ない。だからあんたを売ろうってのさ。ひどい兄上があったもんだ」

「うるさいっ。お前こそ、おなつなら高く買ってやると言ったではないか」

そんな男たちのどうしようもないやり取りは、衝立《ついたて》一枚隔てて寝ている母に聞こえているはずだった。が、形ばかり仕切られたその奥は、誰もいないかのように静まり返っている。今日に限って一際目立つ汚れた衝立をじっと見つめ、おなつは震える思いで様子をうかがった。

ひとつ、ふたつ、みっつ……ことさらゆっくり十まで待った。それでも何も聞こえてこないと知ったとき、つらい事実を受け入れた。

（……もう、ここにはいられない）

身を切るようなやりきれなさが、とうとう覚悟を決めさせた。

「わかりました」

低くかすれた呟《つぶや》きに男たちの視線が集まる。

「そうか、了見してくれるか。恩に着るぞ」

「まぁ、それしか道はないもんなぁ」

晴れ晴れとした表情の彦之助と、薄笑いを浮かべる喜八。おなつは二人を前にして、たった今した決心を口にした。

「吉原にいきます。ですが大下の娘としていくのでは家名を汚すことになりますゆえ、家長である兄上にわたしを勘当していただきたいのです」

「なんだと」

「わたしは父上とも兄上とも母上とも全く関わりのない、ただのおなつとして女郎になるのです。ですから今後兄上がどうなろうと、母上がどうなろうと、わたしの与《あずか》り知らぬこと。わたしは死んだものと思って、一切お捨て置きください」

低い声で語られた内容に、彦之助は怪訝《けげん》そうな顔をする。対して女衒はいち早く意図を悟ってにやりと笑った。

「なるほど。あんたなかなか頭がいいや。これ以上ろくでなしの兄さんに食い物にされないよう、あらかじめ縁を切っておこうってわけか」

たちまち、彦之助の顔に朱が走った。

「な、なんと、女のくせに生意気な。女は黙って言うことを聞いておれ」

その言葉を聞いた瞬間、おなつは髷《まげ》から引き抜いた平打ちの簪《かんざし》を逆手に持ち、切っ先を自分の顔に向ける。彦之助が顔色を変えた。

「何をする。気でもふれたか」

「わたしは至極まともでございます。この顔に傷がつき売値が下がったら困ると思われるのなら、どうぞ『今後一切の縁を切る』と一筆お願いいたします」

青ざめてはいるものの、おなつの右手は少しも震えていない。兄はちらりと喜八を見たが、人の悪い女衒は高みの見物を決め込んでいる。これでは二人がかりで押さえつけてという具合にはいかないと悟ったのか、彦之助は言われた通りの内容をしたためた。

そしておなつは書付を受け取ると、顔を見せない母親へ衝立越しに別れを告げて、喜八とともに吉原に向かった。売値は五十両だった。

十八で着るはずだった白無垢の代わりに、素足に赤い腰巻で苦界に身を沈めたのは十九の春。

あれからもう五年が過ぎた。

その間に一度だけ、彦之助が妹を訪ねて巴屋に来たことがある。目的は母の病状を伝えるという口実の、要するに金の無心だった。

「母上の病が重く、お前のことばかりを心配している」

兄はそう言って空涙まで流してみせたが、おなつはびた一文都合しなかった。薄情な妹に「心底女郎に成り下がったとみえる」と捨て台詞《ぜりふ》を残して、彦之助は去っていった。その肩を怒らせた威嚇するような歩き方から、今の暮らしぶりが透けて見えた。

(母上は今も生きていらっしゃるのかしら。もし、生きていらっしゃるなら……早く死んだほうが幸せだろう)

恨みごとではなく、おなつは本心からそう思っていた。

身勝手な身内に愛想を尽かし、すべてを断ち切り吉原に来た。別に望んだわけではないが、かくなる上は是非もない。この身ひとつで生きていくと覚悟を決めて大門をくぐった。

ところが、承知して来たつもりでも、思うとやるとは大違いだ。まして何も知らぬ生娘の覚悟など、身を売るつらさを肌身で知ればひとたまりもなかった。

張見世で器量のいい新顔女郎を見つければ、男たちはここぞと指名する。だが、問題はその先だ。鼻息荒く抱きつかれると、慣れないおなつは撥《は》ね除けないのが精一杯。いくら遣手に命じられても、自ら進んで奉仕などとてもできるものではない。唇を嚙み目をつむり、客が首尾を遂げるのをひたすらじっと待つばかり。なかなか明けない夜が明けて客の背中が見えなくなると、堪えきれずに涙がこぼれた。それを遣手に見とがめられて、売り出してから一月後、言い訳無用と裸に剝かれ行灯《あんどん》部屋に閉じ込められた。

閉め切った暗い部屋の中でも、素っ裸ではいたたまれない。けれども頃は五月も末で、折《せっ》檻《かん》にしてはまだましとうずくまって過ごしていたら、おなつは厠《かわや》に行きたくなった。無論しばらく辛抱したが、我慢できずに戸を叩くと男の声で応じられ、途方に暮れて黙り込んだ。

いくら女郎に落ちぶれても、自ら男に尿意を告げて裸をさらすことなどできない。しかし躊躇《ちゅうちょ》するうちに、ますます身体は追い詰められる。とうとう粗相するよりはと、消え入りそうな声をあげた。

そんなこちらの状態を見張りは最初《はな》から承知している。焦らすようにもったいぶって心張《しんば》り棒を外した挙句、股を押さえて駆け出すのを見て、「仮にも武家の出がみっともねぇ。ほらほら漏らすな」と野次を飛ばす。

恥も外聞もないその姿に他の女郎は目をそむけ、男は好奇の目を向ける。脇目も振らず厠に飛び込みようやく息を吐《つ》いたとき、常より響く水音に悔し涙を呑み込んだ。

嫌々客を取った上、泣くのが悪いとこの仕打ち。誰も好んで泣くわけでなし。ならば二度と泣くものか。

「やれ、よっぽど長い小便だ」

嘲《あざけ》る声を聞きながら、おなつは自分に言い聞かせた。

たとえどんなにつらくても夜ごと男に抱かれていれば、身体は勤めに慣れていく。今でも床上手には程遠いが、泣き方なんぞとうに忘れた。

五町の女郎は二十七の暮れまでと決まっているため、あと三年でおなつも自由の身になれる。といって、その日を心待ちにするような初心《うぶ》な気持ちはとっくに失くした。その先迎えてくれる身寄りはもちろん、夫婦約束をした男もいない。仕事だって、今となっては他にできることなどありはしない。

そんな行き場のない女たちの落ち行く先は決まっていた。ずっと格下の切見世で一切百文で春を売る。吉原で売れなくなればどこか他の岡場所へ。そこでも駄目なら筵《むしろ》をかかえて夜鷹姿に。首まで泥に浸かった身には、もはやそういう生き方しか残されていなかった。

(結局あたしたちはみな、死ぬべき時を逸したんだろうね)

自ら決めて女郎になったにもかかわらず、おなつは暗いばかりの未来に嫌気がさすと、いつもそう締めくくった。

父が人を斬ったときに腹を切っていれば。

借金など作る前に、兄が死んでくれれば。

夫や子供のこんな末路を見ずに母が亡くなっていれば。

女郎として売られる前に、自分で命を絶っていれば。

(今、こんな思いをする必要はなかったのに……)

取り返しのつかない昔に思いを馳せ、おなつは時折自嘲する。

いずれにせよ、今となってはみな後の祭りだ。何より女郎暮らしはあまりに過酷で、何かを強く思い続けたり、感傷に浸り続けるだけの余裕がなかった。

毎夜客がつくかどうかを心配し、ついたらついたで目を閉じ身体を投げ出すばかり。その身と心をとことんすり減らすうち、おなつはすべてどうでもよくなっていた。

(どうせ女に生まれた以上、やることはひとつなんだから)

数え切れない男に抱かれ、いつしか辿り着いた結論がそれだった。

抱かれるのがひとりか大勢か。

子を産むか産まないか。

惚れるか惚れないか。

別にどちらが幸せというわけでもない。現に自分と正反対だった母は、結局不幸になったのだから。しかるに「女として生まれたことこそが不幸」と、おなつは胸のうちでうそぶくようになっていた。

だってそうだろう。この吉原にいる女の一体何人が自分の不始末でここへ来たというのか。ほとんどの女が親や兄弟、亭主の苦境を見かねて、泣きの涙で売られてくる。そして多くの男たちが目の色を変えて哀れな女たちを買いに来るのだ。

女だから踏みつけにされるのだと思えば、「なぜ自分だけが」と嘆く気にもならない。世の中というのは、そういうものなのだ。

おなじみのあきらめで収まりをつけ、おなつは今夜も浪人を無視して媚を売り続けた。

そして、もうすぐ引け四ツの柝《き》が鳴るなと思ったとき、

「おう白妙。おめぇ、またこんな時分までお茶挽いてんのか」

籬ごし、何度か枕を交わしたことのある大工の仁吉《にきち》が声をかけてきた。

「あれ、ずいぶんな。わっちはずっとぬしさんを待っていたんでありんすえ。ほんに近頃はながのご無沙汰、つれのうござんすなぁ」

思いがけない登場に、おなつはうれしがらせを口にする。

とはいえ、もはやこんな時刻だ。どうせ素見だろうと腹のうちで決め付けていると、意外な答えが返ってきた。

「へへ、うれしいことを言ってくれるじゃねぇか。今日は世話になっている旦那のところでちょいと祝儀をもらってな。懐があったけぇんだ。今から登楼ってくからよ」

「うれしいっ」

今夜も空振りでお内所か遣手からの折檻を覚悟していた手前、本心から喜びの声を上げた。

そんなおなつの救い主、仁吉は腕のいい大工らしいが、ご面相は口の尖っていないひょっとこにそっくりだった。そのひょっとこ顔がこういうときばかりは神々《こうごう》しく見えるから、人というのは調子がいい。なんだかんだと言ったところで、そのくらいにはおなつもこの稼業

に馴染んでいた。

それではと勇んで見世の入口を見ると、時刻が遅いせいか客引きの若い衆が見あたらない。こんなところでまごついて客に逃げられては一大事とばかり、自ら仁吉を案内して二階に上がろうとする。

だが、その前に——何気ないふりで振り返ったおなつは、張見世にひとり残された雲井の不満そうな顔に少しばかり溜飲を下げた。さらに表に目をやると、あの浪人はもう姿を消している。

(フン、本当にあたしに惚れているっていうんなら、もう少し根性を見せたらどうなのさ)

客を連れて上がった二階の廻し部屋。台のもの（料理）も取らず、すぐにのしかかって来た仁吉を笑顔ではぐらかしながら、おなつは胸のうちで違う男に文句を言う。

あの浪人が巴屋の前に立つようになってかれこれ半年。ただただ見守るばかりで何もしない男に、おなつはかなり苛立っていた。

(男のくせにちっともはっきりしないったら。本当に男なんざケチばっかり。ろくなもんじゃないよ)

懐があったかいと豪語していた仁吉は、何か取って食べようというこっちの言葉に耳を貸さなかった。しかたなく空腹のまま客に身を任せながら、なぜか浪人のことばかり考える自分自身に腹が立つ。

(まったく、なんであたしがこんな思いをしなくちゃならないんだい)

荒い息を吐く仁吉に胸をまさぐられながら、おなつは情けない気持ちになった。

それからも、浪人は変わらず巴屋の前に立ち続けた。

月見の頃が過ぎると、夜の吉原は冷え込むようになる。だがそんな寒さにもめげず、男たちは「寒さが身に沁むからこそ人肌が恋しい」と、夜ごと吉原に繰り出すのだ。

一方、ひとり人肌に縁のない浪人は見るからに寒そうだったが、その姿はもはや誰哉行灯《たそやあんどん》のごときもの。巴屋のものはもちろん、表を通る吉原雀の目にも留まらなくなっていた。

しかし、おなつだけはその姿に見慣れることもなく、日に日に気にするようになっていった。

(あぁ、あんな風の抜けるところに立たなきゃいいのに。近頃はめっきり冷え込むんだから、せめて足袋《たび》くらいはいてくりゃいいんだよ)

着たきり雀らしく、いつも同じ恰好の男におなつはこっそり注文をつける。

女郎は年中素足だから、張見世の板の間越しに冬の冷気をひしひしと感じるのだ。表でずっと立っている浪人はさぞかし足元から冷えるだろう。ついそんなことを考えてしまう自分に、おなつは苦笑した。

それにしても、あの浪人はいつまで吉原通いを続けるつもりなのか。その昔、深草《ふかくさ》少将という貴族が小野小町《おののこまち》という絶世の美女を得るため九十九夜通いをしたというが、とうにそれを越えている。

こっちは求愛なんぞされた覚えはないし、女郎の身でそんなものを引き合いに出すのも気が引ける。けれど、もし雲井の読みが正しいのなら、あの浪人はおなつのためにひたすらここに通っているのだ。

(つたく、何を考えてるんだかさっぱりわかりゃしない。こっちは動けぬ籠の鳥なんだ。そんなにあたしに気があるんなら、声でもかけたらどうなんだい)

おなつは次第に落ち着かなくなり、張見世ではできるだけ浪人のほうを見ないよう心がけた。浪人のいる暗がりには目を向けず、目の前の格子ごしに立つ男をじっと見つめて微笑みかける。

(あんなものは火の入ってない誰哉行灯だ。何の役にも立ちゃしない。気にしないで今夜の客を捕まえなけりゃあ)

胸のうちでそう繰り返し、立ち止まる男たちに媚を売る。

ところが強いてそう思えば思うほど、おなつは浪人の気遣うような眼差しを痛いほど感じて仕方がなかった。いっそ「登楼らないなら見ないどくれ」と叫びだしたくなるほど、その眼差しはからみつく。

張見世の女郎は見られるうちが花。誰にも顧みられなければ、これほどむなしいものはない。だからこそ、たとえ客ではなかろうと「見るな」などとは言えない道理。それは百も承知だったが、おなつは居心地が悪くて仕方がなかった。

なまじ売れない身の上なので、張見世にいる時間は人より長い。雪が降るのはまだ先ながら、晴れた日の雪だるまのような身の細る思いで、ひたすら浪人の視線を受け止めていた。そんな日々が続くうち、おなつはその真摯《しんし》な眼差しが始終自分の肌に吸い付いているような錯覚に陥った。

あの浪人が姿を現わすのは決まって夜見世だけ。にもかかわらず、どこで何をしていようとあの男が見つめているような気がして、おなつは妙にそわそわする。

（まったくあたしとしたことが。雲井さんの戯言《ざれごと》にすっかり毒されちまったのかね）

ひとり呟き打ち消しても、この身を包む男の気配が薄れることはない。そんな自分を摑みかねて、落ち着かない気分で迎えた夜見世。籬ごしに件《くだん》の浪人と目が合い、知らずうっとりと微笑んでいることに気付いておなつは愕然とした。

（一体何だってんだ。言い寄られたわけでも、まして抱かれたわけでもないのに。あたしは

金こそ間夫の吉原女郎。どれほど想いを掛けられたって、オケラの食い詰め浪人なんかに用はないんだよ）

狼狽したおなつは、見せ付けるかのごとく他の男に愛想を振りまく。それが功を奏したのかめずらしく早々に客がつくと、今度は暗がりの浪人を睨みつけた。

（あたしはこれから別の男に抱かれる。意気地なしの二本差は、枕を抱えてあたしの夢でもみていりゃいいさ）

そんな思いを胸に秘め二階に上がったおなつはいつになく高ぶっており、日ごろの彼女とは別人のように振舞って客を喜ばせた。それまでは男に対する嫌悪感も手伝って閨《ねや》で奔放に振舞うことができなかったのに、その晩は客が驚くほど激しく求め続けたのだ。

そしてその日を境に、おなつの床での態度が一変した。

今まではただ身を固くしてじっとしているばかりだったものが、客の前で見せつけるように痴態をさらすようになった。しかも遊び慣れぬ客が戸惑っていると、自ら進んで客の下帯をほどいてやる。次いでおなつは緋色の襦袢一枚になって、興奮する男の前でためらわず脚を開いてみせる。そのまま血をたぎらせのしかかってくる客をうれしそうに受け止め、一夜に何度も上りつめた。

その上、おなつは感じるまま声を上げるようにもなった。下級女郎が客を取る廻し部屋は、何組もの客と女郎が屛風《びょうぶ》をはさんで床を並べる割り床である。自然あのときの声は周りに筒抜けのため、おなつはずっと声を抑えてきたのだ。

前は隣の客と女郎にすら聞こえなかったおなつのよがり声が部屋中に響いたとき、周囲の女たちは勤めも忘れてあっけにとられた。中には妙な競争心で、喘《あえ》ぎ声をさらに大きくした女郎もいたほど。

あまりの変貌ぶりにお内所と遣手以外はみな怪訝そうな顔をしたが、本人はそ知らぬ顔だった。中には雲井のように面と向かって尋ねる者もいたが、そのたび笑ってはぐらかす。そうなると、誰も強いては聞き出せなかった。

(あたしの気持ちなど……他人にわかるはずがない……)

いつものように気だるい身体を引きずって後朝《きぬぎぬ》の別れをすませた後、おなつはひとり乾いた笑みを口元に浮かべた。

男などみんな同じ。女を食い物にするだけの男なぞ、一生好きにならないと思っていたのに。ただ見つめるだけの眼差しにどうして囚われてしまったのだろう。

けれどあの浪人だけが、自分に何も求めなかった。毎夜張見世ごしに見つめるだけで十分だと言わんばかりの眼差しに、いつしか心を溶かされていた。

自分はもう誰にも顧みられなかったみじめな女じゃない。父に、兄に、すべての男に見放されても、あの人がいる――もはやおなつの中で、あの浪人と自分は相愛の間柄だった。

そして、生まれてはじめていとしいと思える男ができたとき、金で買われ、ただ身体を貸すばかりだったおなつの情交に血が通った。

今この身体を抱いているのはあの男ではない。けれど、すぐそばで抱かれるこの身をじっと見つめているのだ。

他の男に抱かれ、恥ずかしげもなく乱れる自分を男はどう思うだろう。憎むだろうか。恨むだろうか……。

客に抱かれている最中、おなつの心はいつも浪人へと向かっていた。客の前で帯を解き、裸体をさらす。それを血走った眼差しで見つめているのは、目の前の客ばかりではなかった。おなつはじっと自分を見つめる浪人の視線を確かに感じながら、客の下でたまらず上りつめていく。

こちらが感じれば感じるほど、乱れれば乱れるほど、客は昂ぶって際限もなく挑みかかる。客との交わりが激しくなるほど、見つめる浪人の視線も熱を帯び、頭の中で淫らな自分を責《せ》め苛《さいな》む。絶頂を迎えるころ、おなつはもはや誰に抱かれているのかわからなくなっていた。

女郎の間ではよく「間夫なくてなんで女郎が務まんしょ」などという。以前のおなつは、そんなことを口にする女たちを馬鹿にしていた。

男のせいで吉原に売られ、更に別の男に身を売っているというのに、今更何ゆえ男に惚れる。間夫と他の男の間に、一体どれほど違いがあるのか。

しかも惚れて尽くした挙句、間夫に裏切られる女郎は多い。そんなことをさんざん見聞きし自らも体験しているはずなのに、みな男と喧嘩をしては生きるの死ぬのと騒いでいる。一向に懲りない仲間の女郎たちを、いつも生ぬるい気持ちで眺めていた。

ところが、思いがけず自分に思うところができてから、おなつは急激に変化する己の身体に驚いた。なにしろあの男を思い浮かべただけで身体がうずき、(あの人の見ている前で他の男に抱かれる)と思い描けば、どれほど無骨な客でもおなつは濡れた。

そして、その日の客にいいようにもてあそばれながら、胸の中のいとしい男に呼びかけるのだ。

(ほら、ご覧。あんたがいつまでも指を咥えて見ているから、あたしはこうして他の男に抱かれてよがっている。あたしを抱きたいって男はいくらでもいるんだ。あんたが見当違いな痩せ我慢を続けている間に、あたしは他の男の手で仕込まれていく。あんたはそれでもかまわないってのかい)

そういう自分を滑稽だと感じるときもあったけれど、それでもおなつはかまわなかった。男だって女に好き勝手な夢を押し付けているではないか。女がその真似をして何が悪い。

それに自分の場合は決して独りよがりではない。でなければ、ああまで熱心に通えるものか。あの浪人は間違いなく自分に惚れている。この身を抱きたいと思っているのだ。

（あたしの肌の熱さは、そうして見ているだけじゃ永遠にわかりゃしないんだよ。ちっとばかりの勇気と金で、あんたはあたしを抱けるのに）

別の男に抱かれながら、触れたことのない男を思って一心に腰を振る。激しい痴態のおかげでおなつはいつしか売れっ妓《こ》となり、部屋持ち女郎に出世した。

部屋持ち女郎とは個人部屋を与えられた上妓《じょうぎ》のことで、今までのような割り床の廻し部屋ではなく、自分の部屋で客を取る。無論客は今まで以上の出費を余儀なくされる勘定だが、幸い男たちの足が遠のくことはなかった。

かつては田舎者ややくざ者の相手をするしかなかったが、今ではそんな客に目もくれない。惚れた男ができたとき、はじめておなつは一人前の女郎になったのである。

売れっ妓になったおなつがすぐに張見世から姿を消すようになっても、浪人は変わることなく毎晩通ってきた。一方おなつもその姿を確かめてから、妖艶な笑みを浮かべて二階に上がっていくのだった。

しかし、吉原に来て六度目の春、まるで行灯の灯が消えるように浪人の姿が消えた。

（あんな恰好でこの冬を過ごしたんだ。きっと風邪でもひいたんだろう）

そう思ってはじめのうちは気にしなかったが、五日、七日と長引くうちに、おなつは居ても立ってもいられない気持ちになってきた。とはいえ、そこは悲しい籠の鳥。男の様子を見に行くわけにもいかないし、そもそも男の住まいどころか名前すら知らないのだから打つ手はない。誰にも打ち明けられないもの思いを胸に抱え、落ち着かない様子で日を送るばかり。

そして、今年もそろそろ桜が満開という晩。今夜こそはと思いながら張見世に座ったおなつは、いとしい男を見つけられずに溜息をつく。するとそれを聞きつけたように、棘《とげ》を含んだ雲井の声が飛んできた。

「あらまぁ、案山子の旦那は今日もいないんでありんすか。一体どうしたんざんしょう。ひょっとしたら他に通うところでもできたんでありぃすかねぇ。なんたって売れっ妓の白妙さんはつれのうおざんすから」

張見世の端に座った雲井は、中央近くのおなつに向かい、これ見よがしに嗤ってみせた。かつてはそれなりに気安くしていた二人だったが、こちらが売れるに従って間柄は冷ややかなものに変わっていった。特におなつが部屋持ちになってからというもの、雲井は何かと突っかかってくる。

だからこそ、おなつは少しも動じることなく返事をした。

「そういやそうでありんすねぇ。わっちは通ってくるお客の相手で精一杯。登楼らない素見のことなんざすっかり忘れておりんした。さすが雲井さん、自分の客でもないのに気が利くこと。やっぱり年の功ざんしょう」

その一言で相手の顔がたちまち赤くなった。

おなつより年上の雲井はもう二十七歳。五町では二十七の暮れで年季が明けるから、女郎の中では最年長だ。

十八で亭主の借金のかたに売られてきたという雲井は、おなつが見世に来た直後は何かと世話を焼いてくれた気のいい女だった。だが、年のせいか男の移り気か、続けて馴染みを失って客のつかない晩が続いていた。

このまま客がつかないようなら、年季明けを待たずに切見世に行かされるのではないか——近頃女郎うちではそんなことすら囁かれるようになっていた。

切見世は男にとって安く女の買えるけっこうなところだが、女郎にとっては更なる地獄の入口である。安いだけに数多くの客と寝なければならないし、周囲に病もちが多いのも恐ろしい。巴屋のような大町小見世の女郎にとって、年季明けを前に切見世に鞍替えさせられるのはもっとも避けたいことだった。

だからだろう。雲井は次の瞬間、般若《はんにゃ》のごとき形相で勢いよく立ち上がった。

「はっ、何をお高くとまってんだい。元は武家の出かなんだか知らないが、毎晩毎晩、でかい声で喘ぎやがって。あんたが部屋持ちになったのだって、よがり声があんまりひどくて他の女郎と客の邪魔になるってお内所が苦心した挙句のことさ。さだめしあのご浪人もあんたの恥知らずな淫乱ぶりを噂で聞いて、愛想をつかしたに違いない。フン、いい気味だよ」

狭い張見世の中、行きかう人をものともせずに金切り声を上げられて、おなつの顔が屈辱で歪《ゆが》む。

しかし、ここで挑発にのっては相手の思う壺である。父のような愚かな真似はせぬと自分自身に言い聞かせ、ゆっくりと口角を引き上げた。

「そりゃあすまなかったねぇ。客のつかない独り寝の雲井さんには、さぞうるさかったでありんしょう」

「なんだってぇ！　この見世に来たとき、右も左も分からずにベソかいてたあんたを面倒みてやったあたしによくもっ」

容赦のない切り返しに駆け寄った雲井が右手を振り上げる。だが、その腕は見世の若い衆に押さえつけられ、振り下ろすことはできなかった。

「ちょいと、雲井さん。こっちに来ておくんなさい。ここは張見世ですよ」

「なんだい、あんたたちまでこのあばずれの味方をするのかい。ふざけるんじゃないよ。お放しっ。放せったら」

両脇を二人がかりで押さえられ、女は奥へとひきずられていく。

花見帰りの客でにぎわう張見世でのこの修羅場。ひょっとしたら噂どおり、雲井は見世を替えさせられてしまうかもしれないとおなつは思った。

もっともそれも自業自得だ。自分には関わりないと頭を振り、ひとり着物の襟をなおしていると、

「白妙さん、お客です」

若い衆に声をかけられ、うなずいたおなつは張見世を出る。今日は誰が来たのかと上草履を鳴らして上がった部屋には、見かけない羽織姿の男が座っていた。

日ごろ馴染みでない客を女郎の持ち部屋に通すことはめったにない。あまつさえ初会《しょかい》の客は、まず引付《ひきつけ》座敷と呼ばれる部屋で杯《さかずき》ごとをするのが吉原の決まりである。これは一体どうしたことかと訝《いぶか》りながら、おなつは静かに襖を閉めた。

「わっちが白妙でありんす。ぬしさんの名前を教えておくんなんし」

見たところ、相手は五十をとっくに越えていそうな年寄りだった。身なりや物腰から金に不自由はなさそうだったが、女郎にとって年寄りの客は何かと面倒である。

変に見込まれる前に、馴染みが来たらさっさと逃げ出そう――そう思っていると、

「手前は瓦町新道裏《かわらまちじんみちうら》に家作を持っております三益屋治平《みますやじへい》と申します。あなたが白妙さんで

いらっしゃいますな」

女郎への挨拶にしては四角張った物言いに、おなつの疑問は大きくなる。

「……そうでありんすが……あの……」

「手前が本日訪ねてまいりましたのは、女郎買いのためではございません。手前の長屋に住んでおられました皆川藩元家臣、田坂孫平太《まごへいた》様に頼まれたからでございます」

真剣な表情で切り出された治平の言葉に、おなつの顔が凍りついた。皆川藩の田坂といえば、父が斬り捨てた藩士の苗字である。

「その方は……孫衛門様の……」

「ご嫡子だったそうです。ご尊父があなたの父、彦十郎に斬られて無念のご最期。いくら大下家が取り潰されたとはいえ、ここは実父の仇討本懐をもって家督相続を認めるが筋との評定に従い、仇討赦免状《しやめんじよう》をもって江戸に出てこられたのが今から五年前。以来、ずっと仇大下彦十郎を探し続けてこられたのだそうでございます」

しかし、江戸は広かった。たったひとりで仇を見つけ出すことは、砂漠に落ちた米粒を探すようなものだっただろう。それでもなんとかかつてを頼りに探し続けたところ、大下の娘が吉原で女郎をしていると知った。

あてのない仇探しに疲れ果てていた孫平太は（いつか金に困った彦十郎が、客にまぎれて娘のところに来るのではないか）と考え、毎晩見張るようになったのだという。

初対面の老人から真実を打ち明けられ、おなつは驚きのあまりどんな顔をすればいいのかわからなくなった。男が自分を見つめているのは、てっきり気があるからだと思い込んでいたのに。まさか父を仇と狙い、
それでもようよう呑み込みづらい現実を胸に流し込むと、自分の滑稽さに人目もはばからず盛大に笑い出した。

「そうだったのかい。そりゃ、登楼らないわけだ。自分の父親を殺した男の娘と同衾したいなんて思うはずがないからねぇ」

腹を抱えて笑うおなつに、治平の表情が苦さを含んだものになる。

だが、そんなものは見ないふりで話を続けた。

「だけどね、ここんとこその孫平太さんとやらを見かけないよ。ひょっとしてどっか別のところで彦十郎の消息を聞きつけたのかい。それに何だってあんたは、そんなことを言いにわざわざやって来たのさ」

知りたくもない事実を突きつけた老人に恨みをこめて言い切ると、相手は悲しげな表情になった。

「……孫平太様は、お亡くなりになりました」

ぽつりと告げられた言葉におなつが大きく目を瞠《みは》る。

「今から十日ばかり前、日本堤でご遺体が見つかりました。下手人はまだ分かっておりません。傷口の具合から孫平太様は脇差で刺されたらしく、仇大下彦十郎の返り討ちにあったのか、はたまた通りすがりにゴロツキとやりあったのか、判じかねるという話でございましたが……」

治平はわかる範囲でことの次第を語り、懐にあった仇討赦免状のおかげで遺体は皆川藩江戸屋敷に引き取られたが、跡を継ぐ者が絶えた田坂家はこのまま断絶になるらしいと言い添えた。

「そうですか……」

まるで予想していなかったことを続けて告げられて、おなつは上の空で返事をしていた。どうにも舌の動きが悪くて、しきりと唇を舐めてみる。吉原に来てから心にもないことなどいくらでも言ってきたはずなのに、今このとき、目の前の年寄りに何と言っていいのか皆目見当もつかない。

戸惑うばかりのおなつと違い、治平は落ち着き払った様子で間をおかず懐から袱紗《ふくさ》を取り出した。

「これは、生前孫平太様から『もし自分に何かあったら、巴屋の白妙という女に届けてやってくれ』と言われ、お預かりしていたものです。どうぞお受け取りください」

神妙な様子で差し出された袱紗をおずおずと開くと、そこには小判が三十枚。

「あの……これ……」

「国許を発つとき、周囲の人々からいただいたお金だそうです。この見世の前であなたを見張るようになってからは決して手をつけず、自分が本懐を遂げたとき、または死んだときに、あなたに差し上げるつもりだとおっしゃっていました」

めったに見ない山吹色の輝きに、おなつは思わず生つばを呑む。

それでも、とっさにしまおうとする手を辛うじて止めたのは、落ちきったと思っていても、まだ武家の矜持が残っていたからなのか。

「……意味が、わかりません。なぜその方は、わたしにこのような大金を恵んでくれようとしたのです。わたしはその方の仇の娘。わたしがどのような境遇に落ちようと、その方には関わり合いのないことではありませんか」

物言いが、知らず武家言葉に戻っていた。困惑もあらわに首を振ると、治平が大きく頷いた。

「さようでございましょうとも。手前もこのような頼みごとをされましたとき、同じことを思いました。そこで孫平太様にお伺いしたのです。仇の娘になぜそのように肩入れされるのですか、と」

するとと、孫平太はこう答えたという。

——互いに武家のしがらみと親の不始末で割を食ったもの同士。父親同士がくだらない酒席のいさかいで刀など抜かなかったら、自分は今頃家督を継ぎ、おなつとてどこぞに嫁ぎ子供にも恵まれていたに違いない。そう思えば、とても他人とは思えぬ。

「孫平太様はお父上同様算盤は達者でいらっしゃいましたが、剣の腕はさっぱりだったそうです。もし彦十郎を見つけ出しても、討ち果たすことは難しいともおっしゃっていました。ですから、手前は申し上げたんですよ。いっそ刀を捨てて、町人になられてはと。ひところはそれでもいいかと思われていたようですが、あなたの姿を見て『自分だけ宿命から逃れるわけにもいかぬ』と申されまして」

よほど浪人とは昵懇《じっこん》の間柄だったのだろう。淋しそうに眉を下げる治平におなつは何も言えなかった。

父が刃傷に及んだことで、おなつの人生は一変した。ともに故郷を追われた兄の手で吉原に売られ、身内すべてと絶縁し、このまま人知れず朽ち果てていくのだと思っていたのに。当ても望みもないこの身を唯一気にかけてくれた人が父を仇と狙っていたとは、何という皮肉だろうか。

（けど……同情だけじゃ、なかったよね……あんた、あたしに気があったんだろ……）

手の中の小判をじっと見つめ、おなつは我知らず問いかけていた。

足袋すらはけない貧乏人が、この金に手をつけないなんて。ちょっとやそっとの同情心で、できる辛抱じゃなかったはずだ。

この一年、自分を見つめる浪人の姿に田坂の息子を思い浮かべなかったのは、向けられる眼差しがひたすら痛ましそうだったから。好色でもなく、あざけりでもなく、ただ真摯に切なげに自分を見つめてくれたのは、あの薄汚れた浪人だけだった。

だからこそ、物言わぬ視線がおなつの心に沁みたのだ。いつしかそれに囚われて、抱かれたいと思うほどに。

「いっつも汚い恰好ばかりしているから、てっきり文無しだと思っていたのに。こんなお宝を隠し持っているんなら、登楼りゃあよかったんだよ。それであたしを抱けばよかったんだ……」

小馬鹿にしたように吐き捨てると、頬を涙がこぼれ落ちた。

その感触の懐かしさにおなつは一瞬面食らう。とうに忘れたと思っていたのに、人は死ぬまで泣き方を忘れぬものらしい。

（ったく、人を馬鹿にして。何が同じ境遇だい。どうせだったらこの金で、あたしを身請けしてくれればよかったんだ……）

何年ぶりかで流す涙は途切れることなく、おなつの頰を濡らし続ける。

仇の娘に同情しても、手を出す度胸はなかった意気地なし。

そんな腰抜け侍に誰が惚れてなどいるものか。

所詮田坂孫平太も、己の体面が何より大事なただの男。犠牲になった女の気持ちなど、知らん顔を決め込むずるい男のひとりに過ぎない。しかも勝手に死んだと聞いては、二度と気にしてやるものか。

この身は売れっ妓部屋持ち女郎、通う男はいくらでもいる。

だから……もう、いいのだ。

そう心の中で締めくくり、手の甲でぐいと頰を拭った。

「お話はわかりました。それではせっかくの田坂様のお志、ありがたく頂戴いたします。わざわざのお使いありがとうございました」

深く頭を下げてから袱紗を懐にしまうのを見て、治平はすぐに腰を浮かせた。

そして、そのまま部屋を出て行こうとする後ろ姿におなつは慌てて声をかける。

「そうそう、いっち肝心なことを忘れておりんした」

「はて、なんでしょう」

思いがけず呼び止められて、治平が驚いたように振り返る。その実直そうな老人に向かい、おなつは嫣然《えんぜん》と微笑みかけた。

「ぬしさん、どうかこの次は、野暮なこと抜きで登楼っておくんなんし」

色《いろ》男《おとこ》

一

世にある限り、等しく金の苦労はついて回る。

いや、富裕なる人は別だと言うかもしれないが、さにあらず。数多《あまた》の奉公人を使う主人《あるじ》は油断なく目を光らせ、更なる金儲けに苦心する。公儀を恐れる大名諸侯は言うに及ばず、ご老中田沼意次《たぬまおきつぐ》様ですら、打ち続く飢饉と諸式高騰に頭を悩ませているくらいだ。

まして売られた女郎の身では、寝ても覚めても金、金、金。

吉原では金の多寡《たか》で男の値打ちが決まるから、多少見栄えが悪くても山吹色の後光がさせば、天下の二枚目さながらだ。もっとも女の本音としては、さりとて小判と寝るわけでなし、「人三化七《にんさんばけしち》」の相手はつらい。とはいえ金払いがよくて様子がいい——なんて、なかなか世間にいるものじゃない。が、まったくないでもないわけで、田丸屋清右衛門《たまるやせいえもん》はそういう稀な存在だった。

日本橋通二丁目で醤油問屋を営むこの男は、扱う品をいち早く下《くだ》りものから銚子《ちょうし》産に切り替え、今では豪商のひとりに数えられている。あいにくちょいと背が低いが、目元の涼しげな色白の優男で、年だって働き盛りの四十前だ。しかも一年前、江戸町一丁目和泉屋《いずみや》抱えの花魁《おいらん》三橋《みつはし》が別の客に落籍《ひか》されてから、決まった馴染みを作らなかった。

そんな男から声がかかれば、女郎の心は浮き立つもの。江戸町二丁目の惣籬、菱田屋《ひしだや》でお職《しょく》を張る朝霧《あさぎり》とて例外ではなかった。

(とにかく今夜《うら》が肝心ざんす。ここでしくじったら上客を逃すだけじゃおざんせん。朝霧はやはり三橋に及ばぬと吉原雀が騒ぎ立てんしょう)

初会に続いての登楼を「裏を返す」といい、三度目の登楼で「馴染み」と呼ばれる仲になる。そうなれば吉原中が二人を公認したようなもので、客もすぐには見限れない。引手茶屋への花魁道中、いつにも増して贅を凝らした身ごしらえの朝霧はしっかり前方を見据えて外《そと》八文字《はちもんじ》を踏んでいた。

大きく結い上げた横兵庫《よこひょうご》の髪に、値の張る鼈甲《べっこう》の櫛が二枚と簪《かんざし》が十二本。黒の打掛の背には七色の鳳凰が大きく羽ばたき、亀甲柄の金糸の前帯はきらきらと光り輝いている。暮れ六ツ(午後六時)前の夕暮れ時、気合の入った眼つきで仲之町を練り歩く姿はまるで絵のように美しかった。

そんな艶姿《あですがた》に見入っている男たちは、よもや眼前の弁天様が俗な計算を巡らせているなど夢にも思わなかっただろう。

（田丸屋と馴染みになりゃあ、紋日《もんび》の仕舞《しまい》を気にせずすみぃす。近頃は常盤屋《ときわや》の旦那も青山の隠居もずいぶんしわくなりんした。どうで羽振りのいい客を捕まえにゃあ、菱田屋の呼出《よびだし》としてわっちの体面が保てんせん。禿《かむろ》や新造たちにそろそろ七夕の衣装も誂《あつら》えねばならねえし）

溜息を誘う絢爛《けんらん》な姿とは裏腹、今の御時世、朝霧のような最高級の女郎すら金の苦労がついて回る。なにしろ初手《しょて》から借金で縛られている上、衣食住のうちあてがわれるのは屋根ばかりだ。衣装や食事、蚊帳《かや》から炭の果てに至るまで全部自腹を切らねばならない。しかもつき従う禿や振袖新造たちの掛かりも姉女郎が背負わされるから、ちょっとやそっとの稼ぎでは追いつかないのが実情だった。

加えて節句ごとに衣装を新調し、月に何度か「紋日」もある。この日は揚げ代が二倍になる上、ひとりの客に買いきってもらう「仕舞」をつけるのが慣わしだ。

もし客に仕舞をつけてもらえなければ、女郎自身が自分を買って仕舞をつけることになる。それではちっとも借金が減らないから、女郎はなんとか紋日の約束を取り付けようとする。対して客は金のかかる日に来たくないので、なんのかんのと口実を作り逃れようと算段をする。

「ええ、憎らしい。ぬしはとんだ情なしざます」

「そう言われたって、こっちにも都合というもんがあらぁ」

「客が何人あろうと、わっちがほんに頼りとするはぬしひとりでありんすに。あぁ、見損なった、早まった。ならば田所町《たどころちょう》の栄《えい》どんに」

「なんだとっ、おめえあんな野郎に頼むってのか。冗談じゃねぇ、そんくれぇならおいらがくらぁっ」

「うれしいっ」

とはいえ閨《ねや》での約束事などおみくじよりも当てにならない。そこで女たちはせっせと文を書き、時には起請《きしょう》を取り交わし遮二無二《しゃにむに》金を工面する。

中にはそれを真に受けて、身上《しんしょう》をつぶす男もいる。すると金の切れ目が縁の切れ目と、女は文も寄越さなくなる。

それを非情と罵倒されればまず弁解もできないが、女郎にしたって大事なお客を失くしたばかり。次なる馴染みを捕まえるべく、あれやこれやで忙しい。勤めの身では仕事が優先、仕方ないではないかいな。

ゆえに多くの善男善女が吉原を「悪所《あくしょ》」と呼び、訳知り顔で「女郎の誠と卵の四角はない」という。なるほどそうかもしれないが、ならばどうして吉原がある。気分次第か懐次第か、悪をなにゆえ買いに来る。そんな男の相手が勤め、どうして女郎が本気になれよう。

もっとも、どんなものにも上手《うわて》はいるもの。年季《ねん》が明けたら一緒になろうと甘い言葉でくどかれて、うっかり信じる女郎もいる。たったひとりに思い入れれば、他の客にはつれない道理。日がたつにつれ稼ぎが減って、ふと気が付けば間夫《まぶ》の足まで遠のく始末。あぁ、騙されたと思ったときは見る影もなく落ちぶれて、袖を引く手に力をこめても今更客は戻ってこない。

所詮吉原廓《くるわ》の恋は、金が咲かせる嘘の花。金が尽きれば散るのが運命《さだめ》。それを忘れて後悔するのは、客も女郎も同じこと。万にひとつで真実《まこと》が咲けば、嘘の花より手に負えない。金が尽きても散ることできず、思いあまって駆け落ち心中。ゆえに「惚れるは女郎の恥」と、女たちはよくよく肝に銘じていた。

(なに、田丸屋の旦那なら相手に不足はおざんせん。粋で知られたお大尽、わっちが落としてみせんしょう)

手前勝手な胸算用は腹にとどめてあごを引く。いざ合戦と意気込み高く、朝霧は目当ての引手茶屋に到着した。

二

「これは、これは。また一段と艶《あで》やかだな」

主役の到着を待つ間、座敷で幇間《ほうかん》や芸者をはべらせ酒を飲んでいた清右衛門が明るく声をかけてきた。

「あい、またぬしさんに会えると思ったら、わっちはもううれしくて」

「おや、ずいぶんとうれしがらせを言ってくれる」

「馴染みでもないのにどうしてうれしがらせを申しんしょう。意地悪なぬしさんでありんすこと」

座に着くなりたわいない駆け引きを始めた二人を芸者や幇間たちは愛想笑いで眺めている。今夜清右衛門が裏を返していることなど先刻承知、そしてどうにか三度目の登楼につなげようという花魁の思惑も察していた。

「旦那、わっしは朝霧花魁をよく存じておりやすが、張りの強いこのお人がここまで言うのは並じゃやねぇ。よくよく旦那にほの字と見えやす」

「本当に。あれ、花魁の顔がほんのり赤くなって」

幇間や芸者はここぞとばかり朝霧の加勢を始めた。

大門《おおもん》で閉ざされた吉原の中には、八百屋もあれば菓子屋も湯屋もある。そこから一歩も出られない女たちが不自由なく生活できるようすべてが揃った町なのだ。俗に「遊女三千」などと言うが、吉原の人口はおよそ一万人。つまり倍以上の数の人間が女郎にすがって生活している計算だった。

だからこそ、ここではすべて女郎が優先。見世の若い衆は女郎の使い走りをし、吉原芸者は地味な衣装で座敷に出た。特に朝霧のような売れっ妓《こ》は何はさておき大事にされる。無論そこには、女郎に上客がつけば自分たちもおこぼれにあずかれるという周囲の魂胆もあった。

客とてそこはわかっていても、持ち上げられて悪い気はしない。幇間の物まねで座が盛り上がり、さてそろそろ菱田屋に移ろうかというとき、襖が開いて浮かぬ顔の女将《おかみ》が顔を出した。

「旦那様、お楽しみのところを誠に申し訳ありませんが、どうしても旦那様に会わせろというお客様が階下《した》に」

「誰だい」

「井出伊織《いいでいおり》様と名乗っておられますが」

恐縮しきりの女将が名を口にしたとたん、上機嫌だった清右衛門の表情が険しくなった。

「追い返してくれと言いたいところだが、どうせあたしに会うまでは絶対帰らんと騒いでおるのだろう」

「はい、左様でございまして」

予想通りの答えを聞いて清右衛門は小さく溜息をついた。

「仕方がない。とんだ水入りで興ざめだが、花魁、先に見世に戻っていてくれ。無粋な客を追い返したら、あたしもすぐに菱田屋へ行こう」

苦笑いを浮かべて告げられたが、朝霧は承知しなかった。

「嫌でありんす。話の成り行きでは、ぬしが帰ってしまうかもしれんせん」

「心配いらないよ。第一用件はわかっている。すぐ済むさ」

「すぐ済むとおっせぇすなら、尚のこと。わっちもここで待っておりんす」

相手の顔をじっと見ながら、すねた口調で駄々をこねた。その胸中はかくの如し。

もしここで男が不愉快そうな顔を見せたら、馴染みとなるのは難しかろう。だが、この程度で気分を害するようなら、そこまでの縁。さてどれほど脈があるのか、確かめるにはいい機会。

頭の中ですばやく算盤《そろばん》をはじき（てこでも動くものか）という表情を見せると、清右衛門はあきれ顔になったものの、考える素振りを見せた。

「……そう、だな。その方が早く済むかもしれん。では、お前たちだけ下がってくれ」

そして幇間や芸者が下がったのちに、女将の案内で思いのほか年若い侍が座敷に通された。

清右衛門は顔を見るなり、棘《とげ》のある口調で言い放つ。

「伊織様、いくら伯父甥の間柄でも、こんなところにまで押しかけて来られては迷惑でございます」

その一声にかしこまった態度を見せた若侍は、顔を上げて上座に座る朝霧に気付くと目を瞠《みは》った。いくら吉原でも花魁のいる座敷に案内されるとは思っていなかったのだろう。侮《あなど》られたと思ったのか、青白い顔に不機嫌が露《あらわ》になる。

「それはお詫びいたします。ですが伯父上、某《それがし》の用向きはご承知のはず。このような者を同席させてできる話ではございませぬ。下がらせてください」

「それは承知いたしかねます」

「なんと」

「手前はこの朝霧に会うため吉原まで来たのでございます。招かれざる客はあなた様のほうでしょう。花魁がいては話ができぬとおっしゃるなら、どうぞお引き取りください」

慇懃《いんぎん》な態度できっぱりと拒絶され、伊織は二の句を継げずに唇を噛む。成り行きで同席したものの状況の見えぬ朝霧は、険悪な二人のやりとりを黙って見つめているしかなかった。

話から察するに、この若侍は清右衛門の姉か妹が旗本にでも嫁いで生まれた子なのだろう。

そう思って眺めれば、色白の顔や高い鼻梁が少し似ているかもしれない。

年は二十歳くらいだろうかと思ったとき、苦労知らずの生意気そうな顔つきが記憶の底の面影を呼び起こし、朝霧をビクッとさせた。

（馬鹿馬鹿しい。ここにいるのはお武家の若様、あの人とはまるで違うお人じゃおっせんか）

そんなことを思っていたら、無言でうつむいていた伊織がこちらを見た。朝霧がにこりともせずに見つめ返すと不快そうに眉を寄せ、それから決心したような面持ちで清右衛門に向き直る。

「ならば……恥を忍んでこのままお話しいたします。伯父上、すでに母がお願いいたしております通り。誠にあつかましいお願いだと重々承知しておりますが、何卒《なにとぞ》この伊織に三百両お貸し付けくだされ」

振り絞るような声を上げて伊織はその場に手をついたが、見下ろす男の眼差しは冷ややかだった。

「伊織様、三百両貸せと簡単におっしゃいますが、借りた金は必ず返さなければならぬのですよ」

「それは……無論、承知」

相手の語尾が弱くなったところへ清右衛門はたたみ掛けた。

「承知していらっしゃるのであれば、前回用立てた二百両、一文たりとも返済せずに新たな借金を申し込むとはどういうおつもりでございますか。手前は井出家に金を貸し付けたのであって、差し上げたわけではございませぬ」

「ですから、あつかましいお願いだと申しております。ですがお借りした金子《きんす》を返済するためにも、新たに金子が必要なのです」

青々とした月代《さかやき》に汗を浮かべ、言いにくそうに口ごもりながら伊織は必死で食い下がる。頬の辺りにまだ幼さが残る美青年の思いあぐねた様子は、見る人の同情心を誘うに足る風情があった。

だが、肝心の相手には何の効果もなかったようだ。気の利いた言い訳もできないのかと言わんばかりに、商人《あきんど》の視線は冷たさを増す。

「下々では『盗人《ぬすびと》に追い銭《せん》』などと申しましてな。手前も商人、これ以上損を承知で金を貸すのは御免でございます」

「伯父上、いやしくも旗本三百石、井出家の当主たる某を盗人呼ばわりされるのか。いくら身内の間柄でも、あまりに無礼でありましょう」

歯に衣着せぬ物言いに、若い伊織は血相を変えて腰を浮かせる。清右衛門は意地の悪い表情になった。

「侍だろうと甥だろうと、借りた金を返さなけりゃあ盗人も同然。そもそも最初の二百両だって、井出家の家禄の大半が札差に押さえられているのを承知で用立てたんじゃありませんか。それもこれも病でお役を辞した先代が亡くなり、跡を継いだお前様が無役のままでは気の毒と思えばこそ。その金で大番士となり、これからは職務に励み家名を上げるとおっしゃってからまだ一年でございますよ。そのこと、しかとご承知か」

初対面の女郎の前で内証《ないしょ》をこと細かく言い立てられ、伊織は屈辱に身体を強張《こわば》らせている。この御時世、何らかの理由で無役になった家の者が再び役職に就くのは容易ではなかった。無論無役であっても代々の家禄は支給されるが、諸式高騰の昨今、とてもそれだけでは家格に見合う暮らしを維持できないのが実情だ。

他の旗本同様、井出家もよほど切羽詰まっているのだろう。ややあって、伊織は清右衛門の視線を避けるように再び頭を下げた。

「伯父上の申し様、いちいち誠にごもっとも。なれど大番士など太平の世にあっては無用の長物。このままお役に励んだところで、一向に立身の機会には恵まれませぬ。実はこのたび幸いにも小普請組支配組頭のお役に空きができ、某を推してやろうとおっしゃる上役がおられるのです。無役の小普請組よりお役に就く者を推挙できる組頭は何かと身入りもよく、これがかなえば、伯父上に金子をお返しすることも可能になります。何卒、何卒身内のよしみで」

「聞けませぬな」

「伯父上」

「そのお役に就けば間違いなく返せるとおっしゃるなら、札差や高利貸しからお借りになればいい。小普請組支配組頭の役得がいかほどか存じませぬが、三百石のお前様に合わせて五百両の借金が返せるなど、手前はとうてい思えませぬ。もしどうしてもとおっしゃるなら、お貸ししている二百両、まずはお返しくださいまし。その上で更に百両つけて新たにお貸しいたしましょう」

痛いところをつかれたようで、伊織はもはや反論できない。すがるような顔つきで見上げる甥に清右衛門が最後の言葉を口にした。

「これ以上のお話はするだけ無駄でございます。どうぞお帰りください」

すると、伊織は恨みがましい視線を隣に座る朝霧に向けた。

「伯父上はそこな女郎に使う金はあっても、血のつながった妹の子に貸す金はないと言われるか」

さも汚らわしいと言わんばかりの吐き捨てるような口ぶりに、清右衛門が眉を寄せる。

「これは心外ですな。己の才覚で得た金をどう使おうと人の勝手。お前様にとやかく言われる筋合いはないというもの」

「某とて伯父上が手元不如意と申されるなら、恥を忍んでくどくどとお願いいたしませぬ。なれど、かような悪所で捨てる金があるならば、何ゆえ身内のために使うてはくださらぬのか。某の立身は井出家のみならず、母の実家《さと》である田丸屋の名誉にもなり申そう。それを何ゆえ……」

今夜はどうでも金を引き出す覚悟で来たらしい。若侍が勢いづいて更に言い立てようとしたそのとき、

「ちょいと待ちなんし」

りんとした、女にしては低めの声が割って入った。

「女の身で男の話に口を出すなど野暮と承知しておりんすが、吉原で使う金を捨て金と言われちゃあ、とても黙っておれんせん」

細い眉尻をつり上げて朝霧が伊織を見据えると、若者の顔が赤くなった。

「なんだとっ。女郎風情の出る幕ではないわ」

「お侍様、吉原に来て女郎の出る幕がないなんぞ、通らぬ理屈でありんすえ。廓は女郎によ

って立つ城。外はどうあれ、吉原《なか》では女郎が主役でありんす。ここがこねぇに栄えるのも、女たちが客に精一杯尽くすからではありんせんか。だからこそ客も女をいとしく思い、日々の費《つい》えを節約してでも夜ごとここに通うというもの。お若いぬしにゃあわからぬも道理ざましょうが、そんなお人に捨て金と決め付けられちゃあ吉原女郎の面目が立ちんせん」

「う、うるさいっ。女郎など男をたぶらかす魔性に過ぎぬっ」

「ぬしはそうおっせぇすが、この吉原は東照権現様がお許しになった御免色里《ごめんいろざと》ざます。すりゃ、ご神君様もこの世に女郎が必要とお認めになっていた証拠ざんしょう」

「おのれっ、女郎の分際で軽々しくそのようなお名を口にするでない」

伊織は唾を飛ばし躍起になって言い返すが、劣勢は明らかだ。朝霧は清右衛門が面白がっているのを横目でうかがいつつ、ここぞとばかり言い切った。

「女郎ごときに説教される筋合いでないとおっせぇすなら、こねぇなところで金の無心をいたしんすな。ここの女は我が身を売って、家のため男のために金を作った者ばかり。無力な女すらそうして金を作るというに、大の男が身内に強請《ねだ》るばかりとは。ぬしはそれでも侍ざんすか」

「某を愚弄するかっ」

女郎にも劣ると言われ、頭に血が昇った伊織は立ち上がって身を乗り出す。その殺気だった表情に、様子を見守っていた禿や振袖新造たちは揃って息を呑む。ひとり朝霧はひたと相手を見つめたまま、ひるむことなく言い返した。

「やる気かえ。だがこの顔に手を上げりゃあ、たとい大身《たいしん》のお武家といえど、ただではすまぬと思いなんし。わっちも菱田屋の朝霧、馴染みは大名家のお歴々や大店の主人、その道中を一目見ようと大勢の人が押しかける惣籬の花魁でありんす。値千金のこの顔に傷でもつけてみなさんし。うちの親父様（楼主）がぬしの屋敷に押しかけて、一体いかほど寄越せと言うか。まず三百両ぽっちじゃあ足りんせん。それをしかと承知と言うなら、さぁ、どうなと好きにしんなまし」

一歩も引かず言い切ると、伊織はぐっと言葉に詰まる。そしてやおら踵《きびす》を返し、足音もけたたましく座敷を出て行った。

「いや、お見事。さすがは張りの強さで知られた菱田屋の朝霧だ。なんとも見事な啖呵《たんか》だったよ」

禿や新造が詰めていた息を吐き出すと、満更《まんざら》でもない口ぶりで清右衛門は手を叩く。朝霧は今までの表情とは一転、媚を含んだ顔つきで客に向き直った。

「いけずなことをおっせぇす。わっちはてっきりぬしさんがお困りと……差し出た真似でありんした。どうぞ許しておくんなんし」

「なに、おかげで助かったさ。あれの母親は親父の後添えが産んだ娘で、こっちとは腹違い。何の因果か旗本に見初《みそ》められ、わざわざ武家の養女にやって嫁に出したが運のつきだ。だいたい田丸屋が江戸で指折りの醬油問屋になったのは、全部あたしの手柄じゃないか。それをわずかばかりの血のつながりでいいようにあてにするとは。なるほど、女郎衆のほうがよほど立派というものだ」

「あれ、はずかしうおざんす」

しみじみと感心されて朝霧がうつむけば、新造たちもわっと声を上げた。

「さすが花魁、わっちは胸がすきんした」

「ほんにえ。今のお侍ときたら見場《みば》はずいぶん粋ざますのに、中身はとんだとんちきでおす」

「これ、いい加減におし。仮にもぬしさんのお身内でありんす」

黄色い声を上げる少女たちを急いでたしなめると、清右衛門は笑顔で首を振った。

「かまうものか。あんな生意気な甥に大事な金を貸すくらいなら、あたしはお前に貢《みつ》ぎたい。さてずいぶんと遅くなったが、今から菱田屋に行こうかね」

「あい」

腰を上げたお客を見て、禿が元気よく返事をした。

三

この一件ですっかり朝霧が気に入ったらしい清右衛門は、すぐに三度目の登楼を果たし、その後も足しげく通うようになった。もっとも伊織は伯父からの援助をあきらめていないようで、今も三日にあげず田丸屋にやって来るらしい。

「ええ、いめえましい。今の世の中、旗本なんざぁ態度のでかい穀《ごく》つぶしさ。この太平に何が直参《じきさん》だ。旗本八万騎、今更全部いなくなってもお江戸はびくともしねぇ。それに比べて、日本橋の旦那衆がみんないなくなったらどうなると思う。てぇした大事《おおごと》じゃねぇか。まったく、先祖の功名でどこまでただ飯食らう気だ。あたしなんざ大店に挟まれたちっぽけな店を額に汗して大きくしたんだ。奉公人に恨まれながら日々の費えを節約して商売を広げ、ようやく老舗にも負けない店構えにしたってぇのに。あのたかり野郎が」

秋の宵、清右衛門は酒が過ぎると口調が砕けて愚痴っぽくなる。そこで花魁付きの番頭新造が早めに床を勧めるのだが、今夜は少々遅かったようだ。閨《ねや》に入ってもぶつぶつ言っている男に朝霧は吸い差しの煙管《きせる》を勧めた。

「あれまぁ、こねぇなところで無粋なこと。それほどうっとうしく思いんすなら、いっそ用立てておやりなんし。その上でこれが最後と一筆取って、以後の出入りを差し止めりゃあよござんしょう。今の清様にとっちゃ、三百両などさしたる金でもござんすまい」

つい差し出がましい口をきくと、商人の顔に戻った客がめずらしくきつい眼差しを傍《かたわ》らに向けた。

「お前もわかっちゃいないねえ。あぁいうのはゴロツキと一緒なんだ。証文なんて紙屑程度にしか思っちゃいねぇ。いくら念書を書かせたところで、次の日からまた無心に来るだけさ」

「そねぇに思っていなんすなら、なんで一度は貸しんした」

「そりゃお前、あそこがうちとは縁続きだってこたぁ知られてんだ。あんまり貧乏をされたんじゃ、さすがに外聞が悪かろう」

眉間に皺を寄せたまま煙を吐き出す顔が心底嫌そうで、朝霧は小さく笑った。

「おや、人が困っているのを見て笑うなんざ、性の悪い女だ」

「だって、清様にとっちゃ悩みの種でありんしょうが、わっちにとっちゃ福の神でござんすからねぇ。あの若様は」

「どういう意味だい」

「しれたこと。裏であの方が来てくんなましたからこそ、ぬしはわっちの馴染みになってくれんした。その後のたびたびの登楼も、若様という押し借りから逃げるためでござんしょう。あぁまで虚仮《こけ》にされたとあっちゃ、ここへは足が向きんすまい」

面と向かってずばりと言えば、頰杖をついていた男が苦笑いを浮かべた。

「そういうところがお前のいいところで、悪いところだ」

「おや、ぬしに限ってはそこが気に入りと思っていんした」

婀娜《あだ》っぽい笑みを浮かべながら、今度は自分のために煙管を咥《くわ》える。吐き出した煙の向こうに食えない男の顔が見えた。

「確かにあたしはしなだれかかるばかりの女より、気の強い頭の回る女が好みだ。女郎って奴は決まって色気と涙で無心をするが、べたべたじめじめしつっこくっていけねぇ。仮にも商売なら、ちったぁ相手を見てやり方を変えるがいい。お前や三橋はそのあたりを承知しているから上等さ」

あっさり言い捨てられたのは身も蓋もない台詞だったが、朝霧はにっこり笑って煙管を置く。

「当たり前でおす。わっちゃあこの菱田屋の呼出でありんすえ。そんじょそこらの女とは手管も口説きも違うておりんす」

そう言いながら男の手から煙管を奪い、代わりに口を押し付ける。湿った音をたててからゆっくり離すと、清右衛門が目を細めて笑った。

「なるほど、まったく大したものだ。こうなりゃ毎晩だって通いたいが、日本橋からはいかにも遠い。いっそ根引きしてしまおうか」

「また戯言《ざれごと》を」

「なんの本気さ」

軽くかわしたところを真顔で押し返されて、朝霧は本気で驚いた。

「三百両を貸すのが嫌さに千両で根引きなんぞ、とうてい勘定があいんせん。からかうのもたいがいにしなんし」

怒ったように言い返すと清右衛門がにやりと笑った。

「あたしにとっちゃごく当たり前の算盤だ。ただ安けりゃいいというのは素人の考えさ。あたしが下りものを商わないのは、銚子産に比べて高いからじゃあない。値段ほどうまかぁねぇからだ。江戸っ子は舌が肥えているから、安かろうまずかろうじゃ誰も見向きもしねぇ。下り酒のようにここいらの品じゃ到底及ばぬとくりゃ、今だって鰯《いわし》くせぇ銚子産なぞ扱うものか」

寝物語にいきなり商売の話をされて朝霧はとまどったが、男は気にするでもなく先を続けた。

「安い・高いはものによる。あたしにとっちゃあの若造に三百両の価値はないが、お前だったら千両出しても惜しくない。しかも成金田丸屋だとて、それだけ派手に金を使えばしばらく内証は厳しくなる。あの青二才がどれほど追いすがろうと、ない袖は振れないというわけだ。さてそこで相談だが――花魁、お前はあたしに落籍《ひか》される気はあるのかい」

夢にも思わぬ問いかけに、すぐには言葉が出てこなかった。

身請けされれば夜ごと違う男に抱かれ、金の工面と将来の不安に頭を悩ますことはなくなる。しかも相手が豪商田丸屋ならば、何も言うことはないはずだ。本来なら降って湧いた僥倖《ぎょうこう》を喜ぶべきだったが、なぜか笑顔が作れなかった。

「おや、あまり乗り気じゃねぇようだ」

敵娼《あいかた》の顔色を読んだ清右衛門がからかうような声を出す。朝霧は胸にわだかまる思いを抑えつけ、強張った顔のまま口を尖らせた。

「……ぬしもそういうところがいいところであり、悪いところでありんす」

「なんだって」

「どうせ根引きしてくんなますなら、お前がおらねば夜も日も明けぬくらい言いなんし。すりゃ、わっちも大きな顔で吉原《なか》を出て行けんしょうに」

横目で睨《にら》んで腕をつねれば、男は大げさに痛がってみせる。

「おぉ、ひどい。こんな狂暴な女と知れれば、誰も根引きなんぞしねぇだろうよ」

「おとぼけを。どだいわっちは借金よけの番犬でありんしょう。怖いくらいでちょうどでありんす」

面白くなさそうに言ってそっぽを向くと、清右衛門の腕が伸びてきた。

「番犬か、妾か。さて、どっちの役によりたちそうか、確かめさせてもらおうか」

目を伏せ自らも腕を伸ばしながら、朝霧は裾を割る手に身を任せた。

それから数日後。「田丸屋が朝霧を落籍すらしい」という噂は、早速吉原中に広まっていた。壁に耳あり障子に目あり、どんな噂もすみやかに流れるのが色里の特徴である。

馴染みとなってまだ数ヶ月、名の知られたお大尽の執心ぶりに他の馴染みも慌てて通いだした。おかげで菱田屋はここ数年なかったほどの賑わいを見せ、今の朝霧は「吉原一」の呼び声が上がるほどだ。

ところが、肝心の花魁はどういうわけか元気がない。十月になって出したばかりの獅嚙火鉢《しがみひばち》を所在なげにかき回し、ぼんやり灰を眺めている。禿や番頭新造は用を言いつけ追い払い、他の女たちは昼見世のため階下《した》にいる。人気《ひとけ》のない妓楼の二階は表を通る物売りの声ばかり響いていた。

（道中をする花魁となり、末はお大尽に身請けされる。これぞ吉原女郎の本懐だというに、

何ゆえこうも沈んでおりぃす）

めったにひとりになることのない座敷で、朝霧は自分に問いかけていた。

本当は気の晴れない理由などわかっている。身請けを受ければ安泰かもしれないが、この身は死ぬまで金で縛られたままだ。一夜の契りと思えばこそ、いろんな男の相手をしてきた。もちろん田丸屋は見た目も甲斐性も飛び切りだ。別に嫌いなわけではない。けれど惚れてもいなかった。

（惚れた、腫《は》れたと本気で騒ぐは素人でおす。清様はこの身に千両の値打ちがあると言ってくんなました。それで十分ではありんせんか）

浮かない表情のまま視線を奥にめぐらせば、真新しい五つ組の夜具がこれ見よがしに置かれていた。もちろん田丸屋からの贈り物で、その値は五十両を下らない。このほか衣装に簪《かんざし》、さまざまな祝儀……煎じ詰めれば根引きが得とあの商人は思ったのだろう。

一方、女郎にとってもそれはありがたいことだった。

誰だって生きていれば年を取る。寄る年波で値が下がり、かつては売れっ妓だった花魁も今じゃ河岸見世の安女郎などざらな話だ。

ことに朝霧のような廓育ちの禿立ちは、年季が明けても大門の外では暮らせない者が多い。幼くして親に売られ、男の機嫌をとるためだけに育てられてきたため、炊事洗濯針仕事といった女の務めがまるで果たせず、まともな所帯がもてないからだ。

いくら茶の湯や和歌に通じ床上手であったとしても、日々のことができなければ普通に暮らせるはずがない。結局旦那に落籍されて、下女を使う妾になるのが大門を出る唯一の道である。花魁はうちのなかでは役立たず——口説くときだけ調子のいい男たちは、遊びと暮らしを区別していた。

（まったくどいつもこいつも。わっちらが好き好んでこうなったと思いなんすか）

己の来し方を思えば、したり顔でそんなことを言う男たちが恨めしくてならなかった。

貧農の子として生まれ、六つで口減らしのため吉原に売られた。以来十七年、一度も会っていない親の面影はおぼろにかすみ、昔の自分が何をしゃべり、どうしていたかすら定かではない。

家を出るとき「お江戸に行けば腹いっぱい白い飯を食える」と言われたことだけ、鮮明に覚えている。なぜかというと、それが嘘っぱちだったからだ。客の食い残しには多くの禿や女郎が群がり、もたもたしていると食い損なう。それを遣手《やりて》に見つけられれば手ひどい折檻が待っていた。

当時、菱田屋の遣手はおのぶという痩せた五十近い女であった。鶏がらのような見た目のくせにびっくりするほど力が強く、ひっぱたかれた幼い禿は一間《けん》近く吹っ飛んだ。その上

「顔を打って痕が残ると厄介だから」と、決まって頭を殴るのである。禿たちにとっては地獄の鬼よりおのぶのほうが恐ろしかった。

「いいかえ、お前たちの代わりはいくらもいるんだ。こりゃ物にならぬと思ったら、さっさと浄閑寺《じょうかんじ》に投げ込むよっ」

投げ込み寺として知られる浄閑寺は哀れな女郎の墓所である。仁王立ちで言い渡された言葉の意味は、幼心の骨身に沁みた。涙と空腹をこらえて回らぬ舌で廓言葉を学び、多少恰好がつくと花魁つきの禿となった。

そして習い事と姉女郎の世話に追われるうちに、人の顔色を読んでうまく立ち回るすべを覚えた。花魁の機嫌を取るため嘘を言い、ばれると別の子のせいにしたこともある。遣手に命じられ、花魁あての文の中身をこっそり伝えたこともあった。

それが卑劣だということは、幼いながらに承知はしていた。しかしそれでもなお、花魁に煙管ですねを打たれるのは嫌だった。遣手に飯を抜かれ、行灯《あんどん》部屋に閉じ込められるのは身震いするほど恐ろしかったのである。

ひたすら大人の機嫌をうかがい、言われたことを必死でやった。幸い丈夫に生まれつき大病もせず振袖新造となった頃、朝霧はようやく生き残ったと実感した。

禿立ちの高級女郎はたいてい地方の貧農の子だ。わずかな金で売られた少女が江戸の水で磨かれて、根引き千両の花魁になる。なんともたいした出世だが、その裏には数多の「物にならない」存在があった。

客を取る前に病気や折檻で死んでしまうのはいっそ幸い、治ったものの痕が残れば、暗がりに立つ夜鷹にでもなるしかない。また無事に成長しても期待ほどの容貌にならなかったり、芸事が上達しなかったりで、派手な道中突き出しができる花魁になるのはほんの一握りだ。

だからこそ大勢の供を引き連れて仲之町で呼出の披露目をしたときは、さすがに万感胸に迫った。たかが女郎の分際でいい気になるなと言われても、売られてそこまで辿り着けずに散った少女がどれほどいるか。それを「役立たず」と侮られては、花魁としての矜持《きょうじ》が許さない。

（この顔と身体は値千金。元手いらずのそこらの地女《しろうと》とは違うんざます）

所詮は売り物買い物と六つのときに定まった身だ。

今更別の生き方もなし、どこまでも高く売ってやる。

そんな思いを胸に抱き、二十三の今日までお職を張ってきた。だが、この先も勤め続ければ若い女郎に客を奪われ、肩身の狭い思いをするだろう。それを思えば今度の身請けは渡りに船の申し出なのに、過去に交わした約束が人知れず心に影を落とす。

（年季《ねん》が明けたら所帯を持とうなんぞ……無理と承知の約束にこだわって、千載一遇の好機

を逃す気でありんすか。しっかりしなんし)

くだらぬ感傷に引きずられている場合かと改めて身請けの利点を数えていると、廊下で小さな声がした。

「花魁、ちぃとよござんすか」

「かがりかえ。お入り」

答えると、不安そうな顔の振袖新造が入ってきた。禿のころから面倒を見てきた妹分の冴えない表情にふと嫌な予感が込み上げる。

「なんえ、浮かぬ顔をして」

「あの……遣手のおたつどんが階下《した》で言っておりぃしたが……花魁は、ほんに田丸屋の旦那に落籍されるのでありんすか」

やはりそれかと思い当たって、朝霧は大きな溜息をついた。本来姉女郎の身請けは妹女郎にとって歓迎すべき事柄だが、かがりは禿だった頃にあの男にかわいがられていた。

「——だとすりゃ、なんでありんす」

素知らぬ顔で受け流すと、可憐な唇から悲鳴のような声がもれた。

「花魁、そりゃあんまりでおす。二世《にせ》を誓った山崎屋《やまざきや》の若旦那がかわいそうじゃおっせんか」

身に覚えのある名前を口にされれば、もはやうつむくしかなかった。

「そういえば……そねぇなお人もおりんしたなぁ」

煙草盆に手を伸ばし、あえて気のない返事をする。たちまちかがりの目尻に涙がわいた。

「さても冷たい言い様でおす。そも若旦那が勘当になったのは、花魁にたんと貢いだ挙句のことざましょう。吉原に戻ってきたのだって、少しでもそばにいたい一心。しかもまともに会えぬ身だからと、道中のたびに陰ながら見ておりんすのえ」

震える声で痛いところを責められて、とうとう朝霧も眉をつり上げた。

「いい加減にしなんし。わっちも女郎、客に何と言わりょうが了見しんすが、妹女郎なぞに責められる筋合いはありんせん。そねぇにあの男がかわいそうなら、ぬしが駆け落ちなと心中なとしてやんなまし」

カッとなって言葉をぶつけるとかがりは真っ赤になり、さっと振袖をひるがえして出ていった。静かになった座敷で再びひとりになったとたん、言いようのないバツの悪さがひたひたと胸にこみ上げてくる。

(あの口ぶりじゃ、今もあの人と会っているのでおざんすかねぇ。ひょっとしたら、惚れているやもしれんせん)

でなければ、あそこまでムキにならないだろう。後ろ盾である花魁の機嫌を損なうのは妹分にとって何より避けたいことなのだ。

さも大儀そうに煙管を咥え、朝霧は白い煙とともに溜息をそっと吐き出した。

四

日本橋呉服町にある山崎屋は、数多の大名家を得意先に持つ老舗の呉服問屋である。四年前、そこの跡取り息子の伸太郎《しんたろう》は朝霧と深い仲になり、とうとう勘当の憂き目を見た。

もっとも、大店の若旦那がこうしたしくじりをするのはよくある話だ。こういう場合は通常改心を促すために、まず「内証勘当」をされた。これは役人に届けない口先だけの勘当で、親の言いつけを守って一年なり二年なり真面目に働けば、また元通り家に迎えられるというもの。

しかし山崎屋はよくよく息子を見限ったのか、その場で勘当帳に登録する「本勘当」を申し渡した。十八で廓通いを始めた伸太郎は、それまでにもさんざんな出費を強いてきたというから無理もない。大店の跡取りから一転根無し草になってしまった男はその後行方が知れなかったが、この春吉原に舞い戻った。今じゃ「花園家《はなぞのや》月太郎《つきたろう》」を名乗るけちな幇間である。

そうと知って「大店の跡取りが男芸者になるなど、さてはよくよくのご決心」と感じ入る人もいたが、実のところはお座敷芸しかできないだけのこと。職人修業を始めるには年を取り過ぎているし、人足をするほど力もない。「遊びが過ぎて幇間へ」というのは、身を持ち崩した若旦那のよくある末路であった。

それに人というのは下世話だから、かつて上座で酌をされていた者が、逆に祝儀目当てで媚びへつらうと聞けば興味を持つ。中にはずいぶんと踏みつけにする客もいたらしいが、仲太郎、いや月太郎は明るくゴマをすっているらしい。だいたいそのくらいでなければ男芸者など務まるものではない。そんな噂を聞くにつけ、収まらないのは朝霧のほうだった。

（一度は吉原一の色男と言われたお人が好き好んで恥をさらして。これじゃわっちがとんだ傾城《けいせい》じゃありんせんか）

我が身のせいで落ちぶれた男を嘲笑うことができるほど情け知らずではない。幇間に身を落としてまで戻ってきたのはいっそ意趣返しかとさえ思ったものだ。

初めて二人が出会ったのは、仲太郎が二十歳、朝霧が十八のとき。当時一番の馴染みだった近江屋の座敷で顔を合わせた若旦那はどんな女も意のままと思っていたらしく、自分の敵《あい》娼《かた》そっちのけで朝霧に声をかけて来た。

大事な馴染みへの義理だてもあったが、何より生意気な得意の鼻をへし折ってやる気になった。ろくろく返事もせず初老の近江屋にだけ愛嬌を振りまくと、世慣れぬ若旦那はあからさまにムッとなった。

結果、翌日から引手茶屋を通して強引な指名がかかったが、そう出られればこっちも意地だ。つれない素振りは女郎の手管と思われては癪だった。

金のかかる惣籬の花魁を揚げる客は壮年以上が多いから、若くて二枚目の仲太郎は確かにもてるだろう。とはいえ所詮は部屋住み、一文たりとて稼いでいない身の上だ。(親の金で遊んでいる青二才の機嫌など誰が取るものか)と三月《みつき》ばかり振り通したが、最後は茶屋の主人に拝み倒され、しぶしぶ座敷に出ることになった。

しかし初会の席上、どうにも面白くない朝霧は面と向かって言ってしまったのだ。

――そねぇに色男を気取りたくば、己の甲斐性で遊んでみなんし。わっちも金で抱かれる身、その有難みを知らぬようではとても相手は務まりんせん。

女郎のとんでもない暴言に、仲太郎は顔を真っ赤にしてすぐさま席を立った。周囲のものは言葉もなく凍りつき、さすがの朝霧も楼主の折檻を覚悟した。ところが派手に振られた若旦那が翌日裏を返したため、初会の行為は不問にされた。

そうなれば再び断ることなどできず、三度目の晩。そっぽを向いて床に入った朝霧に、仲太郎はぽつりぽつりと打ち明け話を始めた。

なるほど、花魁の言うのはもっともだ。しかし情けない限りだが、自分には商売の才がないらしい。十六のときから父の手ほどきで仕入れの目利きや、見立てなどもしてみたけれど、何をやっても失敗ばかり。とうとうお前は何もしなくていいと溜息をつかれ、店にも出るなと言われる始末だ。

山崎屋ほどの身代なら、主人が役立たずでも番頭や手代が店を切り盛りしてくれる。とはいえ「若旦那、お任せください」という陰で、こっちを馬鹿にしていやがるのが透けて見えるからたまらない。それがどうにも悔しくて、気がつけば吉原《なか》に足が向いた。日本橋では出来損ないの若旦那も、ここでは人並み以上に扱われるのがうれしくて、いつしか調子に乗っていた。お前のようなしっかり者にはさぞかし滑稽に見えたろう。

床の中でうつむきがちに告げられて、正直言って面食らった。誰より恵まれているはずの若旦那がまさかこんな鬱屈を抱えているとは思わなかった。

いや、こちらこそ言いすぎた、堪忍してくんなましと手を取って見つめれば、自然二人の顔が重なる。以来伸太郎は一途に朝霧の元に通いつめるようになり、二人揃って本気になったのが災難の始まりだった。

もっとも昨日今日の勤めではなし、朝霧は途中精一杯分別を働かせたのだ。居続けを決め込む若旦那に迎えが来るたび、「どうかお帰りなんし」と熱心に勧めた。

二六時中吉原に入りびたりでは奉公人に示しがつかない。たとえお飾りの若旦那と言われようとも、今はとにかく親に従い家業を学んだほうがいい。離れがたい気持ちを抑え、何度そうやって諭したことか。

だが、苦労知らずの坊ちゃんはこちらの言葉に従わなかった。「その間にお前が他の客を取るのは我慢ならぬ」と動こうとしない。重ねて言えば、「さては他に間夫ができたか」と眦《まなじり》をつりあげ詰め寄る始末だ。

さすがの朝霧もそこまで言われてはどうしようもなかった。それに伸太郎が帰ってしまえば、他の客を取らねばならない。これまでさんざんしてきたことが、本気の男ができたばかりに耐え難いことのように感じられた。勢い「それじゃ明日こそ」で終わってしまい、迎えの者には女郎の手管としか見えなかったろう。

そんな日々が続いたら、引手茶屋への払いは恐ろしい額になる。支払いを求める茶屋の使いを、山崎屋は「息子が帰らぬ限り一文も払わぬ」と追い返した。日頃のえびす顔を真っ青にした主人に泣きつかれ、とうとう伸太郎は家に帰ることになった。そのとき朝霧にこう言ったのだ。

――たとえ勘当されても、おれはお前と一緒になりたい。ただしそうなれば所帯を持てるのは年季明けだ。おれは腹をくくったが、お前はそれでもかまわないか。

じっと目を見てここまで言われ、うれしく思わぬ女はいない。言葉もなくただ頷いて涙ながらに見送った。その後家に帰った仲太郎が座敷牢に閉じ込められたと人づてに聞いたとき は、己の立場がどれほど恨めしかったことか。男を思って眠れぬ夜を過ごしていると、山崎屋の内儀から「愛想尽かしをしてやって欲しい」という文がひそかに届けられた。

どうやら若旦那は頑として「朝霧とは別れぬ」と言い張っているらしく、このままでは本勘当になりかねない雲行きらしい。山崎屋は総領以外に男子はなく、もし仲太郎が勘当されれば養子を取るしか道はない。それは親として、何とか避けたいという思いなのだろう。

――少しでも息子を哀れに思う気持ちがおわしませば、何卒そなた様から縁切りしていただきたく、伏してお願い申し上げ候。

いかにも大店の内儀らしいかしこまった文を読んだとき、朝霧の中を矛盾したさまざまな思いが駆け巡った。

自分への思いを一途に貫こうとしている男へのいとしさと、自分が苦しめていることへの申し訳なさ。二人を引き裂こうとする親への怒りと、親ならば無理もないというあきらめ。自分が身を引けばすべては収まるという理性と、どうしても別れたくないという感情。

坊ちゃん育ちで根が単純な仲太郎のこと、愛想尽かしの文を見れば、それが朝霧の本心と真に受けるかもしれなかった。きっと性悪女郎に騙されたとひとり合点し、すべてを忘れて家を継ぐのだろう。そして親の眼鏡に適った嫁をもらい、人より恵まれた人生を送るのかもしれない。

しかし、

（……わっちは、どうなるんでありぃす……）

不意に叫びだしたいような衝動に駆られ、手の中の文を握りつぶした。

惚れた男のため心にもない愛想尽かしをした挙句、男は自分を忘れて幸せになり、この身ひとつが好きでもない男に抱かれ続けるのか。もし惚れるということが相手の幸せを願うことなら、心中する男女などこの世にいないはずではないか。

そのとき朝霧は、生まれてはじめての恋に溺れていた。勘当になればどうなるかなどすっかり頭から抜け落ち、（誰にも渡すものか）と思いつめた。

（あの人は、わっちさえいればそれでいいとおっせぇした……勘当されても、この思いは通すからと……）

惚れた男を見す見す不幸にするつもりかという理性の声を振り切って、最後まで文は書かなかった。その後山崎屋は総領息子を勘当し、分家から養子を取ることになった。二人が出会ってからちょうど一年後のことだった。

女のためにすべてを捨てた男の純愛——木挽町《こびきちょう》あたりなら乙な芝居狂言だが、なに吉原ではよくある話。「山崎屋の若旦那も馬鹿なことをしたもんだ」とみな口々に言い合ったが、無論敵娼を非難はしない。それが女郎の勤めと承知しているからだ。

こうして実家を追われた伸太郎は江戸から姿を消した。やれ、上方の親戚に預けられたに違いないだの、いや自棄《やけ》を起こして今頃は……だの、吉原雀はとかく無責任な噂を流す。大門の中で男の行方など確かめようのない朝霧は、ことの成り行きに心底後悔したがもう遅い。と同時に（こんな思いをするくらいなら、二度と惚れたりするものか）と固く心に誓ったのだ。

以来嘘の口説きに磨きをかけて、菱田屋のお職として「張りの強さで並ぶ者なし」と評判を取るまでになった。のぼせた客が身代を傾かせる前に、こっちのほうから手ひどく袖にする。もちろん嫌というほど恨まれるが、ほとぼりが冷めれば「むしろ幸い」と本人も身内もありがたがる。朝霧にしても本気ではない客を振るなど造作もないことだ。そんな日々を送るうち、いつか忘れたはずだったのに。

姿を消して四年後、突然伸太郎が男芸者として吉原に戻ってきた。その身の無事を知って喜んだのも束の間、朝霧はすぐに何も言って寄越さない男の気持ちを疑い出した。

かつての関わりから幇間として菱田屋に出入りはできなかろうが、同じ大門の内ではないか。その気になれば文なり使いなり寄越せるはず。それが梨のつぶてとは、もはや末を誓った女郎のことなど覚えていないということか。

そう思い至れば、こちらから真意を問いただす気にはどうしてもなれなかった。客が忘れた約束を後生大事にしてきたなんて、死んでも知られたくはなかった。

あれから四年、どこでどうしていたものか。勘当されてからの日々は苦労知らずの身にさだめしつらかったことだろう。そも幇間の真似事なんぞ、男の意地が残っていたらとてもできるものではない。過去も誇りも消え失せて、今では己の口を養うのが精一杯に違いない。

(わっちが二世《にせ》を誓ったのは山崎屋の伸太郎さんでおした。花園家月太郎などというしけた幇間じゃありんせん)

何度も自身に言い聞かせ、しつこい未練をねじ伏せてきた。それでも気が付けば人の話に耳をそばだて、どうしているかと気になった。現にかがりのさっきの言葉に、(ならば今でも)と馬鹿な思いが頭をもたげる。

(あの子のこと、きっとすぐにも身請け話を伝えに行きんしょう。その上で何の音沙汰もなけりゃあ、とうに思い切ったということざます)

きっと文は来ないだろうと思いながら、どこかで期待している自分にほとほと嫌気が差してくる。昔の約束を盾に「身請けを断れ」と迫られたところで、困るのはこっちではないか。容姿、身代、人柄――身請けの相手として田丸屋に勝る男はいない。断ればこの先後悔するのは火を見るより明らかだし、何より楼主が黙っていまい。

「本気の恋は女郎の不覚、今更人に告げられぬ」

ひとり小さく呟いて、朝霧は気だるげに立ち上がった。今夜もまた田丸屋を迎えに道中をしなければならない。そろそろ支度をしなければと思ったとき、折りよく番頭新造の声がした。

五

「朝霧、田丸屋の旦那の身請けのことだがね」

師走も近くなった日の午後、内所《ないしょ》に呼ばれた朝霧は真剣な表情で切り出された。

「なにしろ全盛のお前を根引きしようと言うんだ。他の馴染み客のこともあるってんで、来年の秋頃ということで話を進めたいと思っている。無論異存はないだろうね」

二重あごを撫でながら一応と言わんばかりに念を押され、朝霧は一瞬返事に詰まった。だが頭が答えを出す前に、口が勝手に動いていた。

「あい、もったいないことでありいす」

「お前も来たばかりの頃はとんだ山出しでどうなることかと思ったが、さすが久兵衛《きゅうべえ》は目が高い。いや、いい買物をさせてもらった」

身請けにからんで手に入る金を計算したのか、楼主の顔に隠しきれないうれしさがにじむ。本人ではなく目をつけた女衒《ぜげん》をたたえる男の目には、女郎など人として映っていないに違いなかった。

とたんにその先を聞くのが嫌になり、朝霧はさっさと座敷に戻った。正式に話をされたのはたった今だが、すでに身請けは周知の事実だ。師走に入れば商家はてんてこ舞いだから、詳しいことは年が明けてからだろう。

「花魁、親父様はなんと」

「もちろん田丸屋の旦那のことでありんしょう」

口々に話しかけてくる禿や振袖新造に黙って頷くと、少女たちは得意そうな笑みを浮かべた。そしてすぐに心配そうな顔になる。

「そねぇにすぐではないのでおざんしょう？」

「わっちも花魁についていきてぇ」

姉女郎の幸せはうれしいが、その後の我が身が心配らしい。不安を訴える少女たちに朝霧は笑って言った。

「何も心配いりんせん。他の馴染みへの挨拶やら、根引きの披露やら、半年以上かかりんす。ぬしたちのことは親父様がちゃんと考えていなんすから、安心しなんし」

「花魁、正月の衣装はいつできるのでおすか」

「どうぞ新しい簪を買っておくんなんし」

これから続く華やかな行事に思いを馳せ、にぎやかに騒ぐ少女たちとは反対に、かがりはひとり不満そうな表情でこちらを見つめている。それがひどく気になって、番頭新造の話はほとんど耳に入らなかった。上の空で頷きつつ、心の中でつい妹女郎に言い訳をしてしまう。

女郎の身請けには本人と親、そして楼主の承諾がいる。だが身請けには、前借の他にこれから稼ぐはずの金も合わせて支払われるのだ。楼主や親たちがこれを歓迎しないはずはなく、無理に断ったところでいいことなどひとつもない。

（それに……あの人も最後まで知らぬ顔ではありんせんか。性悪女郎の身請けなど、今更どうでもよいのでおす）

改めてそう思えば、知らず自嘲めいた笑みが浮かんだ。

そしてその日の暮れ六ツ前、いつものように仲之町を道中していた朝霧は思いがけない事件に遭遇した。

「覚悟しやがれっ」

ゆっくりと外八文字を踏んでいたところへ、見物人の中から二人のゴロツキが匕首《あいくち》をかざし飛び出してきたのだ。金棒引きはなんとかひとりをかわしたものの、提灯持ちは腕を斬られてその場に転がる。禿や振袖新造は悲鳴を上げてしゃがみこんでしまい、両側の見物人たちは「花魁危ねぇっ」と叫びはするが、手をこまねいて見守るばかりだ。

(斬られる)

高い駒下駄に重たい衣装の朝霧はとっさに動くことなどできない。なす術《すべ》もなく立ちすくみ、振り上げられた刃が暗くかすむ夕暮れの空にきらめくのを見上げるばかりだった。瞬《まばた》きひとつできぬまま、意地でも取り乱すまいと強く唇を噛もうとしたとき、

「おれの朝霧になにしやがる」

「こいつ、邪魔するなっ」

聞き覚えのある声と共に目前の身体が大きくふらついたのを見て、朝霧はようやく身じろいだ。急いで視線をめぐらせば、ゴロツキの腰には豆絞りの手ぬぐいで顔を隠した男がしがみついている。

(どうして、ぬしが……)

驚きのあまり目を見開き、声を上げようとしたその瞬間、

「この野郎っ、ふざけやがって」

「朝霧花魁の道中に切り込むたぁ、どういう了見だっ」

もうひとりの男を押さえつけた金棒引きと駆けつけた若い衆によって、ゴロツキは捕えら

れて匕首を取り上げられた。すかさずワッとばかりに歓声が沸き起こる。

「いやはや、花魁が無事でよかったねぇ」

「とんだ馬鹿もいたもんだ」

「ところであの男は何もんなんだ」

「さすがは張りの強さで知られた花魁じゃないか。悲鳴ひとつ上げないなんて気丈なもんだ」

「花魁、大丈夫でありんすか」

「すまねぇ、おいらとしたことが」

一斉に上がった声の中心にいた朝霧は、誰が何を言っているのかまるでわからない。耳を覆いたいほどの喧騒の中、あっと思ったときには豆絞りの男は姿を消していた。その後若い衆に守られて引手茶屋まで向かったものの、「そんな目にあったんじゃ、座敷どころではなかろう」という客の配慮で菱田屋に戻された。

「いやはや、まったくとんだ目にあったね。だがお前に何事もなくてよかったよ」

出迎えた楼主は安堵の溜息をつき、「提灯持ちはたいした怪我じゃない」と思い出したように付け加えた。さすがに今夜ばかりは客が帰ったことへの文句はなく、すぐに自分の座敷へ下がることが許された。

「花魁、ほんにようござんした。わっちは今でも震えが止まりんせん」

「あのときのちどりの悲鳴ときたら。わっちはそれで腰が抜けんしたえ」

「しおり姐さんこそ、花魁の陰に隠れんしたくせに」

降って湧いた災難は、去ってしまえば笑い話だ。声高に人の様子を言い合う妹女郎の中で、かがりだけが低い声で話しかけてきた。

「花魁、さっきの……」

「わっちは疲れんした。ちぃとひとりにしておくんなんし」

言葉をさえぎり命じれば、みな一斉に口を閉ざして座敷を出ていく。やっとの思いでひとりになると、火鉢の火も熾《おこ》さぬまま朝霧はへなへなと崩れ落ちた。そして震える両手で自分の口をふさぎ、声を殺して泣き始める。

誰もが動けなかったあの瞬間、我が身の危険を顧みず丸腰で飛び出してきたあの男。顔こそ手ぬぐいで隠れていたが——あの声、あの身体つき、着ている物は昔とまるで違っていたが——あれは、間違いなく伸太郎だ。どれほど月日を経ようとも、たったひとりと惚れた男だ。どうして見間違うはずがある。

(なんで今更……ぬしを裏切り他の男に落籍されようとしている女郎など、放っておいておくんなんし……)

数年ぶりに聞いた声は耳の底に焼きついて、死すら覚悟した心を揺さぶった。日頃の気丈さはどこへやら、涙が後から湧いて出る。

てっきり恨まれていると思っていた。大店の跡継ぎの座をふいにさせた挙句、別の男のものになろうというのだ。

もし自分が伸太郎の立場なら、刺されるところを黙って見ていたに違いない。いっそいい気味だとすら思っただろう。それなのに、

（まだ……おれの……朝霧と、おっせぇすのか……）

嬉し涙か、悔し涙か、もはや訳がわからなかった。

そんなに思っていてくれるなら、どうして今まで放っておいた。もっと早くその気持ちがわかっていれば、いくら相手が田丸屋でもやすやすと承知しなかった。そう思うと助けられたことさえ憎らしい。

（どうして……どうして……）

やり場のない思いはどこまでも渦を巻き、ふさぎこんだ朝霧は座敷に出なくなってしまった。周囲は「さすがの花魁も襲われたのがよほどこたえたに違いない」と口々に言い合うばかり。

そして師走も半ばを過ぎたある晩、清右衛門がわざわざ見舞いにやってきた。

「今回は災難だったね。いや、本当はもっと早く来るつもりだったんだが、なにしろこちらも忙しくてね」

すぐ帰るという客の希望で朝霧は二人きりで向かい合う。しばらくぶりの逢瀬だったが、あいにく心は弾まなかった。

「お忙しいところ御心配をおかけして申し訳ありんせん。あの件があってから、すっかり意気地がなくなりんして」

取り繕うような笑みを浮かべると、男はじっと顔をのぞき込んできた。

「いや、いきなり道中を襲われては怖くなって当然だ。実はそのことで、あたしはお前に謝ろうと思って来たんだよ」

「はて、なんで清様が」

怪訝そうな顔をした朝霧に語られた内容は、まったくとんでもないものだった。

田丸屋の甥、井出伊織は千両の身請け話を知っても、伯父から金を引き出すことをあきらめなかったらしい。そして暮れの払いを前にいよいよ切羽詰まり、「あの女さえいなければ伯父から金を引き出せる」と、ゴロツキを雇って道中を襲わせたのだ。捕まった男たちの証言から目付の調べを受けた伊織は、そのおそまつな事情を洗いざらい白状したという。

——なに、所詮は女郎、殺さずとも顔に傷がつけばよいと念を押し申した。それで伯父も愛想を尽かすはず。決して殺せとは命じておりませぬ。

厚顔にも繰り返しそう申し開きをしたらしい。

「あまりの馬鹿さ加減に開いた口がふさがらないが、腹違いとはいえ妹の子だ。それに伊織の名が出れば、田丸屋の暖簾にも傷がつく。幸い怪我をしたのは提灯持ちひとりだし、あちこち手を回してゴロツキどもが勝手にやったことでケリをつけた。だが、お前には一言詫びなければと思ってね」

すまなかったと頭を下げられ、朝霧は慌てて身を乗り出す。

「やめておくんなんし。わっちはこうして無事でありんす。清様が気にすることではおざんせん」

言われて顔を上げた清右衛門は、「あともうひとつ、言うことがある」と続けた。

「何でありんしょう」

「襲われたとき、お前を助けようと飛び出してきた男がいたそうじゃないか」

瞬間、面やつれした白い顔から更に血の気が引いた。

「噂じゃ、おれの朝霧になにをすると啖呵を切ったそうだな。そいつはお前の情夫《いろ》なのかい」

問われて怯《おび》えるような表情を浮かべてしまったのだろう。田丸屋はことさら優しげに微笑んでみせた。

「おいおい、そんな顔をするもんじゃない。そいつのおかげでお前は無事、うちだって大いに助かったんだ。女郎に情夫がいることくらいこっちも最初《はな》から承知だよ。だが、わかっているだろうね。早いところ別れてもらわないと」

それは根引きをしようとする男としてごく当然の要求だった。早く頷けと頭の中で理性が金切り声を上げている。

ところが実際には、じっと男を見返しているだけだった。次第に自分を見つめる男の姿がにじみ始め、辺りがだんだんぼやけだす。瞬きをすればすべてが壊れてしまう気がして、大きな目をことさら見開くことしかできなかった。

「……お前でも……そんな泣き方をするんだな」

ややあって溜息交じりにそう言われ、ようやく朝霧は人前で泣いていることを自覚した。

情夫と別れろと言われて泣いたりしたら、嫌だと言っているようではないか。いくら清右衛門でもさすがに気を悪くしただろう。早く泣きやまなければと思うのに、どうしてか涙が止まらない。せめて言い訳をしようとしても、しゃくりあげるばかりで言葉にならない。

張りの強さで知られた花魁が子供のように泣く様子が面白かったのか、とうとう男が噴き出すように笑い出した。

「天下の朝霧花魁をここまで泣かすなんざぁ、さすがは山崎屋の伸太郎だ。幇間になってもどうで大した色男じゃないか」

口に出された名前を聞いて、驚きのあまり涙が止まった。

「清様、どうして……」

「図星だろう。丸腰で飛び出した男のことを聞いて、きっと奴に違いないと思っていたのさ。だいたいあたしがお前に興味を持ったきっかけは、あの野郎だったからね」

さばさばした口調で言い放つと、清右衛門は伸太郎との関わりを話し始めた。

商うものが違っても同じ日本橋に店を持つ者同士、何かと顔は合わせるし、噂だって耳に入る。身代を継いだばかりの頃、田丸屋を少しでも大きくしようと必死で駆け回っていた清右衛門にとって、一回り下の伸太郎が派手に遊んでいる姿はどれほど癪に障ったか。とうとう勘当されたと聞いたときは、自業自得だと笑ったものだ。

あだから、花園家月太郎として舞い戻ったことを知って、座敷に呼んでみる気になった。あまりいい趣味ではないと我ながら思ったが、すっかり成り上がった今、元は格上の若旦那に酌をさせてみたくなった。

もしかしたらむこうが嫌がるかもしれないと思ったけれど、けろっとした顔で現われたので拍子抜けしたくらいだ。進んで酌をして回り、言われる前から尻っ端折《しりぱしょ》りで踊ってみせる。

その様子があんまり飄々《ひょうひょう》としているのでかえってムキになってしまい、おためごかしに嫌味を言った。

――伸太郎さんも馬鹿なことをしたもんだ。女郎なんぞに入れあげて山崎屋の大身代を棒に振るなんて。あんなことさえなけりゃ、お前さんは一生苦労知らずの左団扇《うちわ》で暮らせたものを。

さも同情するような口ぶりで告げると、幇間になった男は苦笑めいた表情でこう言った。

――田丸屋さんのような才覚があれば商人もよいでしょうが、自分のようなぼんくらは主人の器ではございません。こうして座敷で笑いを取るのが分相応と承知しております。幸い勘当されたおかげで身軽になり、今は己の食い扶持を稼ぐばかりの身となりました。あとは年季明けに惚れた女と所帯を持てれば、何も言うことはございません。

その言い方が負け惜しみに聞こえなかったので、ますます面白くなくなった。「それじゃその女が落籍されたらどうする」と尋ねれば、すかさずこんな言葉が返ってきた。

――自分はさんざん好き勝手をした挙句の幇間稼業でございますが、女はそうじゃありません。幼いときに親に売られ、否応なしに客を取らされ苦界に生きてきたのです。きっと所帯を持とうと誓いはしましたが、身を売る暮らしはさぞかしつらいことでしょう。どこぞの旦那に身請けをされて一日でも早く足を洗えるなら、いっそ幸いと思っております。

きっぱりと言い切った顔は毅然としていて、清右衛門は虚仮《こけ》にするつもりが虚仮にされたような気になった。あの甘ったれた若造をこうまで変えた女が気になって、後日朝霧を呼んだのだという。

「会ってみて、お前を気に入ったのは本当さ。だが千両出しても身請けしようとしたのは、伸太郎への嫌がらせも混じってた。こっちは落ちぶれたみじめったらしい男を期待して座敷に呼んだのに、昔よりよほどいい男になってるなんざ幇間の風上にもおけないよ。そう思わないかい」

「あの人が……そんなことを……」

信じられないと呟くと、田丸屋は小さく笑った。

「金が命の成金が、つまらねぇ意地で慣れない散財をしようとするから馬鹿を見る。それにあたしは張りの強い花魁に惚れたんだ。昔の男を思い切れずにぴぃぴぃ泣かれちゃ興ざめだ。身請け前にお前の性根がわかってよかったよ」

清右衛門はそう言って立ち上がると真っ直ぐ内所に向かい、身請けの取りやめを告げて帰っていった。

突然の話に楼主はすっかり取り乱し朝霧の座敷に駆け込んできたものの、泣き濡れた姿を見て黙り込む。しばし呆然と立ちすくんでいたが、我に返ると勢いよく文句をぶちまけ出した。

「藪から棒に何だってんだ。これ以上身内で揉めたくないから身請けは出来ない、当分吉原《なか》にも通えないなんて、よくもまぁぬけぬけと。これだから成り上がりの商人は信用がならないんだ。あぁ、まったく腹の立つっ」

怒り狂った口ぶりから察するに、清右衛門は伊織のことを口実に身請け話を流したようだ。楼主とてこのまま引き下がりはしないだろうが、百両も迷惑料としてせしめるのがせいぜいだろう。それは同時に朝霧の痛手でもあった。

これからも女郎を続けなければならないのに、頼りとする一番の馴染みを失ってしまったのだから。年が変われば、また金の工面に苦労する日々がやってくる。それを思うと今から頭が痛かったが、心は不思議と温かかった。

ひょっとしたら、万にひとつの真実の花を咲かせることができるかもしれない。金と涙が尽き果てて尚、人知れず咲く小さな花を。

そんな物思いにふけるうち、階下から引け四ツ（午前零時）の柝《き》が聞こえてきた。

泣《なき》声《ごえ》

京町《きょうまち》一丁目の中見世《ちゅうみせ》、紫乃屋《しのや》の二階座敷。

ひとりの女が銀の簪《かんざし》を握り締めていた。扇をあしらった平打ちのそれは、暗闇の中でも鋭い光を放っている。

そして――女は、簪を振り上げた。

一

「いくら吉原といったって、八ツ（午前二時）を過ぎたら静かなもんだ。ゆんべは飲みすぎたせいか夜更けに小便に行きたくなってよぉ、厠《かわや》に行こうと廊下へ出たら……途切れがちに女のすすり泣きが聞こえてきた」

「どうせアノときの声だろ。お盛《さか》んなこったぜ」

「こっちも最初《はな》はそう思った。だからつつーっと声のする座敷に近づいたのさ。だってよぉ。へへ、気になるじゃねぇか。そんで聞き耳をたてたんだが、どうしたって悲しげな泣声だ。こりゃ遣手《やりて》に叱られた禿《かむろ》か新造《しんぞ》がおいおい泣いているんだろう。なんでぇ、つまらねぇと、そっから離れかけたときさ。廊下にぴらっと紙切れが落ちている。コリャなんだと拾い上げれば、霊験《れいげん》あらたかなお寺のお札。しかも『怨霊《おんりょう》退散』と書いてあるじゃねぇか。そこへまたすすり泣く声が暗《くれ》ぇぇ響きで聞こえてきて……ゾーッとしたはずみに、小便も引っ込んだ」

「情けねぇ野郎だな」

「置きやがれ。こうなりゃもう厠はいいと廊下を走って部屋に戻り、慌てて布団に飛び込んだ。泡ぁ食ったこっちの様子に驚いたのは敵娼《あいかた》さ。仕方なくこれこれと訳を話しゃあ、白い顔を青くして『ぬしも聞きなんしたか』と身震いしやがる。聞けば先月、突き出しを控えた女郎が簪で喉を突いたってんだ。おまけにその女郎は元浅草小町、福田屋《ふくだや》のおりつというから驚くじゃねぇか」

「へぇ、店が傾いて進んで身を売ったと聞いちゃあいたが、死んじまったのかい。確か二十歳にもならねぇだろう」

「まだ、たったの十七よ。それからってものおりつが死んだ無人の座敷で、夜な夜なすすり泣きが聞こえるってぇのさ。紫乃屋は女郎屋だから死んだ女はいくらもいるが、こんな怪異は初めてらしい。そこで楼主《ろうしゅ》がおりつの墓をたててやり、座敷にお札も貼ったってんだが、まるで効き目がねぇっていうからおっかねぇ。見世への恨みか、この世の未練か。いくら浅草小町でも、幽霊を買う物好きはいねぇ。むしろ絶対会いたかねぇと、紫乃屋には客が近づかねぇのさ。おれだって馴染みの花魁《おいらん》にゃ会いてぇが、あんな思いは二度とごめんだぜ」

八分の入りの居酒屋で職人姿の男がようやく口を閉じる。連れは白けた調子で「ケッ」と吐き捨てた。

「ふざけるねぇ。おめぇのような貧乏人が吉原《なか》の中見世で女郎買いができるもんか。ホラを吹きたきゃ、せめて切見世、でなけりゃ品川とでもしておきねぇ。そうすりゃちったぁ騙されてやったものをよう。第一、まだ桜が散ったばかりじゃねぇか。幽霊話にゃ早すぎらぁ」

ごもっともな言い分に、周りで酒を飲んでいた男たちがどっと笑った。

「そりゃそうだ」

「おれたちゃ岡場所がせいぜいよ」

「その恰好じゃ土間から先は上がれめぇ」

口々に連れの言葉に同意してみせる。

吉原は江戸の高級社交場で、格の高い大見世は引手茶屋を通さなければ登楼さえできなかった。そんなところで遊べる客は、金に糸目をつけない大名家の留守居役か大店《おおだな》の主人くらいである。

それに比べて中見世は、素上がりができるし下級女郎もいた。とはいえ、揚げ代と見世の者への祝儀を合わせて、一晩一分（一両の四分の一）じゃ間に合わない。半纏着《はんてんぎ》で暖簾《のれん》をくぐったとたん、嫌味な目つきの若い衆に「あいにく今晩はいっぱいで」と断られるのが関の山だ。

周囲のつれない反応に、得意になって話していた男が口を尖らせた。

「ちぇっ、人の話は最後まで聞けってんだ。こいつぁ、そう伊勢屋の番頭さんが言っていた——ってぇ話さ」

「なんでぇ、そういうオチかよ」

「するってぇと、こいつは本当かもしれねぇぜ」

「もらわれっ子のおりつは、福田屋に恩を返そうとしたんだろうがなぁ」

「かえぇそうに。本当なら、跡継ぎの信吉《しんきち》と一緒になるはずだったんだろう」

「その信吉は、伊豆屋《いずや》の出戻りを嫁にするって噂を聞いたぜ」

「そいつぁ確か三十路《みそじ》の大年増だろうが。なんでまた」

「馬鹿野郎。そんなもなぁ、持参金目当てに決まってらあ」

「福田屋の暖簾を守るにゃ、それしか術《すべ》がないんだろうよ」

「浅草小町から出戻りの大年増たぁ、若旦那もツイてねぇ」

「まったく嫌になっちまうな」

「金が仇《かたき》の世の中だぜ」


「たかが女のすすり泣きがなんだってんだ。物見高いは江戸っ子の常、近頃の男は肝っ玉が小さいよっ」

五月に入って雨の夜が続いている。紫乃屋の張見世の前は素見《ひやかし》すらまばらな有様だ。

格子越しに表を一瞥した遣手は口の中で毒づくと、振り返って居並ぶ女たちを睨《にら》みつけた。

「だいたいお前らがいけないいんだ。白藤《しらふじ》の幽霊が出るなんて噂をまき散らかして。いいかい、今度またそんな寝言を言いやがったら、このあたしが承知しないよ」

わかったらしっかり客を引きなと言い捨て、足取りも荒く二階に上がっていく。

鬼と恐れられている遣手のおせんは、半年前に腕を買われて小見世から引き抜かれて来た。よくよく見れば美形だったと思われる顔立ちをしていたが、寄る年波か、今ではそんな影もない。着物はいつも渋茶色の着古しだし、染めむらのある髪はだらしなくほつれ、底光りするきつい目をよりすさまじく見せている。その小さな後ろ姿が目の端から消えるのを見届けてから、女郎たちは一斉に不満を吐き出した。

「フン、安女郎の成れの果てがえらそうに」

「楼主に見込まれて来たものの、幽霊騒ぎで客は減る一方。これじゃ立つ瀬がありんせんなぁ」

「あねぇな死に損《ぞこ》ない、そのまま溺れて死にゃあいい」

「けんどこのまんまじゃ、わっちらもきつい迷惑」

「ほんにえ。吉原に来たからには、身を売るのは承知のはず。客を取るのがそねぇに嫌なら、大門《おおもん》の外で死になんし」

「折檻《せっかん》されて死んだというなら別段、勝手に死んで化けて出るとは了見違いでござんしょう。いっそ楼主のほうが、これから売り出す女郎に死なれて大損。挙句お客が減ったとくりゃあ、まさに踏んだり蹴ったりでおす」

非難交じりの周囲の声を聞くともなしに聞きながら、藤《ふじ》ノ江《え》は憂い顔で格子のむこうを眺めていた。

瓜実顔《うりざね》に細い眉、黒目がちの目はいつも潤《うる》んで艶めいている。「あの目でじぃっと見つめられると素通りできねぇ」と言わしめる容貌は健在だったが、噂のせいか年のせいか、どうも近頃客がつかない。一昨日、昨日と二日続けてお茶を挽き、今朝も遣手にきつい小言を食らっていた。

もっとも女郎によっては十日も客がつかないほど、今の紫乃屋は閑散としている。暗くなっても張見世ばかりがにぎやかで、肝心の二階は火が消えたよう。

そもそも不景気のあおりで吉原《なか》に繰り出す男の数が減っていたところへ、駄目押しのこの騒ぎである。加えて雨まで降られては、どれほど女郎が気を入れようと無駄な努力というものだった。

死んだおりつは白藤の名で呼ばれ、一年あまりの見習いが済み、この春から客を取ることになっていた。実家の福田屋は浅草の小間物屋で、数年前まで内証《ないしょ》は裕福だったらしい。お上の厳しい倹約令で贅沢な櫛《くし》、簪が扱えなくならなければ、生涯廓《くるわ》とは無縁でいられたに違いなかった。

何不自由なく育った娘が女郎となって、客を取るのが嫌さに死を選ぶ。

聞けば誰もが同情しそうな話だが、仲間の女たちは冷ややかだった。

なにしろ、ここには不幸な女しかいない。外聞をはばかり大きな声では言わないものの、(世間知らずが勝手に死んで、恨んで出るのは筋違い)と、腹の中では思っていたのだ。

生きづらいのは世の常とはいえ、地方では長引く飢饉で餓死者が多発。江戸でも諸式が高騰し、食うや食わずの者が多い。そこへ棄捐令《きえんれい》が更なる追い討ちをかけた。旗本御家人への貸し金をほとんど帳消しにされたせいで、派手に小判をばら蒔《ま》いていた札差連中が散財をやめてしまった。江戸の景気はとことん冷え込み、妓楼、料亭、呉服屋、小間物屋……そのほかさまざまな店が相次いでつぶれた。

そうなれば、奉公人や出入りの職人も稼ぎを失ってしまう。彼らの稼ぎがなくなると、町人相手の小商いもすぐに立ち行かなくなる。そして誰もが金に困れば、行き着く先はただひとつ。

女房や娘を売るしかなかった。

親のため、亭主のため、子供のため——これ見よがしに白首をさらし、多くの女が心を殺して客を取った。無事に年季《ねん》が明けたとしても、元の暮らしには戻れない。人並みだった昔を思えば、長煙管《ながぎせる》を咥《くわ》えて媚を売る毎日に死にたくなって当然だ。

それでもこうして生きているのは、やはり未練があるからなのか。日々がどれほどつらくても、生きていてこそいい日もある。女たちは毎朝お天道《てんと》様に手を合わせ、自分にそう言い聞かせていた。

（あたしは苦労知らずの白藤《おじょう》さんとは違うんだ。どんな目に遭ったって生き抜いてみせるさ）

胸の中で呟《つぶや》いて、藤ノ江は雨でかすむ通りに目を向ける。ただしその目は道行く男を見てはいない。闇の中に浮かぶのは柔らかな頰に愛嬌のある離れた目――兄にあずけた我が子の顔だ。

亭主は兄同様大工だったが、息子の太一《たいち》が生まれた頃から博打に凝り出した。さまざまな周囲の意見も功を奏さず、五年前に賭場で作った借金を残していなくなった。その金を返すために藤ノ江は身を売った。積もりに積もった借金を女手ひとつで返すには、それしか方法がなかったからだ。

当時藤ノ江は二十になったばかり。とはいえいくら美人でも、眉を落とした子持ち女だ。普通なら小見世か切見世に売られるはずだった。

ところが、その容姿を見込んだ賭場の元締めは、あえて紫乃屋に売り込んだ。大工の女房とは思えぬ人目を引く美貌と漂う色気、更には子を産んだと思えぬほっそりした身体つき。これならばと思ったのか、楼主はすぐさま金を払った。以来眉を描いては客を引きつつ、我が子の無事を祈っている。

（それにしたって……白藤さんにも困ったもんだよ）

雨が強くなったせいか表の人通りは少なくなるばかり。これじゃ商売になりゃしないと、腹立ちまぎれに煙管を灰吹《はいふき》に打ち付ける。五ツ（午後八時）の鐘も鳴り終わり、三味《しゃみ》の音に混じって路地を打つ雨音がまるですすり泣きのようだった。

自殺や病死、折檻死。吉原では毎日のように女郎が死ぬ。だからこそ見世の者たちは、死んだ女の座敷から聞こえてくる泣声を（誰かが人目を避けて泣いているのだろう）としか思わなかった。

豪華な自分の座敷を持つ花魁と違い、禿や新造は粗末な部屋で雑魚寝《ざこね》をしている。妓楼に涙はつきものだが、その実、泣きたくても泣く場所のない娘が多い。つらさに耐えかね行く場所もなく、空いた座敷に忍び込んだに違いない。

だが、それは吉原《なか》の者が思う話で、客は違う。元浅草小町が死んだ部屋から泣声がすると聞きつけるなり、すぐさま「成仏できずに迷っているに違いない」と騒ぎ出した。そこで評判を気にした楼主の命でおせんが女たちを問いただしたが、誰の仕業かわからなかった。

無理もない。うかつに名乗り出ればどんな折檻を受けるか知れないのだ。けれども、これですすり泣きは止まるだろう。世間はともかく見世の者はそう思い込んだのだが、その後も暗い廊下に悲しげな声は響き渡った。

苛立った楼主は更に遣手を問い詰め、遣手は女郎を怒鳴りつけるが、一向に埒《らち》が明かない。そこで若い衆が不寝番《ふしんばん》をしたところ、なぜか八ツを過ぎると眠ってしまい、すすり泣きが始まる始末。

──死んだ女郎が見世を恨んで泣いている。

噂は真実として江戸中に広まり、客はどんどん減っていった。

ただしこの幽霊、泣声ばかりで姿を見た者はひとりもいない。そのため楼主は頑として認めなかったが、若い衆の中には暇を取る者まで現れた。

一方、金で縛られている女たちは、どれほど気味が悪くても見世から逃げ出すことなどできない。ならばとばかり開き直って怯《おび》える男に見得《みえ》を切る。

「生きていようと死んでいようと、泣いてばかりの役立たず。わっちに祟《たた》るというわけでなし。ちょいと辛気臭《しんきくさ》いだけでおす」

胸をそらしてうそぶくものの、誰ひとり問題の座敷に近づこうとはしなかった。

白藤が死んでおよそ二月《ふたつき》。替えたばかりの畳が香る角部屋は、昼なお暗い開かずの間と化していた。

(望んで死んだはずなのに、なんで成仏できないんだか)

気の毒と思わないでもないけれど、おかげでこっちはとんだ迷惑。どうせ迷うくらいなら、せめて惚れた男のところへ……と思ったところで、藤ノ江は首を振った。

義兄であり許婚《いいなずけ》だった福田屋の信吉は今度嫁を迎えるという。変わり果てた姿で会いになど行けないだろう。

（あぁ、嫌だねぇ）

やりきれない思いで溜息をつくと、背後から鋭い声が飛んだ。

「藤ノ江、なにぼけっとしてんだいっ。今夜もお茶ぁ挽いたらどうなるか。せいぜい覚悟して客をお引き」

振り返らずともおせんの形相がわかってしまい、慌てて気持ちを引き締めた。

――今度の遣手は、売れない女郎を責め殺すらしい。

遣手が替わると決まった頃、漏れ聞こえてくるさまざまな噂が女郎たちを震え上がらせた。いわく、客あしらいが悪いと容赦なく殴りつけ、床入りしてからも襖越しに様子をうかがい、あとで散々ケチをつける。そんな遣手に反抗すれば、荒縄で縛られたまま無理やり客を取らされる……。

人でなしの遣手のおかげで見世は繁盛と聞かされて、紫乃屋の女郎は戦々恐々。果たしてどんな目に遭わされるのかとみなびくびくしていた。

そしてやってきたおせんは、実のところ噂ほどではなかった。

もちろん口うるさいし手も上げるが、遣手はそれが仕事である。前の遣手だって、上客を振った花魁を見せしめに縛り上げたりした。鬼か蛇かという前評判に比べればいっそやさしいと思えるほどで、身構えていた女たちは一斉に胸を撫で下ろしたが、白藤が死んで客足が遠のくと、いよいよ本性を見せ出した。

なかなか廓言葉が身につかない禿を捕まえ、髪を摑んで振り回す。情夫《いろ》との逢瀬を優先し花魁が客を待たせていると、乗り込んでいって引きずり出す。怒った花魁がおせんの足にしがみついたら、容赦なく蹴り飛ばされた。

——あんたは見世の売り物なんだ。金のない優男《やさおとこ》にいつまでも手間取っているんじゃないよっ。

そんなおせんの様変わりを、女たちは腹立ち半分、あきらめ半分で受け入れるしかなかった。

来て早々、見世出し前の上玉をむざむざ死なせてしまったのだ。女郎を取り締まる遣手の落ち度と、楼主はさぞかし責めただろう。それを挽回しようという矢先、噂が広まり稼ぎはがた落ち。憎い遣手が難渋するのはいい気味だったが、日に日にきつくなる締め付けに女郎たちの顔は冴えなかった。

ゆえに藤ノ江も精一杯愛想笑いを浮かべているのだが、傘を傾け足早に歩く男ばかり。

（これはまずい）と我が身の明日が急に不安になってきた。

（そういや、死んだ白藤さんを最初に見つけたのはおせんだっけ）

聞くところによると、白い首には簪が突き刺さり、流れ出た血が畳を染めていたという。

縁起でもない光景がふと頭をよぎったとたん、何かぞくりとしたものが身体の中を駆け抜けた。

もしも……客を取りたくないと愚図《ぐず》る娘に業を煮やし、遣手がつい手にかけたのだとしたら。おまけにそれを自害とされてしまったのなら……。

(成仏できずにいても無理はないよ)

唐突に浮かんだ厄介な考えは、ひどく理屈に合う気がする。だが(冗談じゃない)と自ら慌てて打ち消した。

若くて器量よしの女郎は見世にとって打ち出の小槌だ。売り出す前に殺しては、元も子もないではないか。

思い直して渋面を戻そうとしたとき、ちょうど男と目が合った。

「あ、あら。ちょいと、ぬしさん。雨宿りして行きなんし」

バツの悪さを笑顔で隠し、藤ノ江は甲高い声を上げた。

二

昨夜の雨が嘘のように、今日の空は晴れ渡っている。

しかし、そんな天気と裏腹に、藤ノ江は突然の落雷に見舞われていた。

「……いきなり十両って言われても。そんな大金、あるわけないじゃないか」

昼見世が始まる前のこと。辺りをはばかるように訪ねて来た兄の直助《なおすけ》は、会うなり手をついて切り出した。

「そんなこたぁわかってる。けど、直吉《なおきち》の具合が悪ぃんだ。近所の藪《やぶ》じゃもう話にならねぇ。ちゃんとした医者に診せるには、どうしても十両必要なんだ」

はじめて見る切羽詰まった表情に問い返す顔も強張った。

「直ちゃん、そんなに悪いのかい」

兄のひとり息子、直吉は以前から病弱だった。他の子供と遊ぶこともなく、いつも母親のおまきにくっついていた青白い顔が浮かんでくる。

「おめぇにゃ言ってなかったが、もうほとんど寝たきりよ。これが五年前だったら、おれも親方に頼み込んでどうにか十両作れたんだ。でも、今ぁ駄目だ。普請《ふしん》がぱったりなくなっちまって、親方だって火の車だ。十両どころか五両だってありゃしねぇ。不甲斐ない兄貴で情けねぇが、おめぇだけが頼りなんだ。頼む、この通りだ」

額を畳にこすりつけられ、藤ノ江は慌てて兄を止めた。

「そんな真似やめとくれよ。あたしにしたって直ちゃんはかわいい甥だ。訳を聞いたら、力になってあげたいさ」

「それじゃあ」

「けど、無理なんだよ。兄さんだって知ってるだろう。うちの見世には幽霊が出るって噂を。おかげで客足はさっぱり。あたしゃもちろん、花魁だってお茶ぁ挽いてる有様なのさ。紫乃屋の金箱は空っぽ、お茶挽き女郎が十両の前借なんてできやしないよ」

すがるような期待に満ちた眼差しを向けられ、拒絶するのは身を切られるようにつらかった。兄には並々ならぬ恩も義理も感じているし、子を持つ親のひとりとして、何としてでも助けたい気持ちは痛いほどわかる。心の底から、できるものなら力になってあげたかった。

それでも――ない袖は振れない。

苦渋に満ちた声を絞り出すと、直助の顔つきが一変した。

「……吉原女郎にゃ実《じつ》がねぇというが、まったくだ。自分の子を何年も人に押し付けておいて、よくそんな口が叩けるもんだな」

「に、兄さん」

「今まではたったひとりの妹の子だと思えばこそ、苦しい暮らしでもわが子同様に面倒を見てきたんだぜ。だが、おめぇがそのつもりなら、他人の子に飯を食わせる義理なんざねぇ。両国の小屋にでも売り飛ばしてやる」

憎しみに染め上げられた脅し文句を聞き、とっさに声が裏返る。

「ま、待ってよ。それとこれとは話が違うじゃないか。あたしだって、兄さんとおまきさんには心から感謝してるんだから」

「うるせぇ。口先ばかりの礼なぞ聞きたかねぇや。ちったぁおまきの身になって考えてみろ。腹を痛めた我が子が苦しんでいるってぇのに、薬もろくに買ってやれねぇ。無駄に丈夫な甥っ子は、表で好き勝手に走り回ってる。どうして直吉ばかりがこんな思いをしなくちゃならねぇ、これもみんな丈夫に産んでやれなかった己が悪いと思い悩んで。それでも毎日、血のつながらねぇ太一に飯を食わせてきたんだ」

吐き捨てるような口ぶりには、健康な甥に対する憎しみがあふれかえっていた。それはあんまり理不尽だと文句を言いそうになったけれど、うかつなことを言えば火に油を注ぐだけ。藤ノ江は泣きたいような思いで頭を下げた。

「兄さん、太一を育ててもらっていることは本当にありがたく思ってます。でも今までだって、少しずつお金を渡してきたじゃありませんか」

「ヘン、あれっぽっちの金で義理は果たしたと言うつもりか。里子に出すときは、それなりの金をつけて当たり前。それを実の妹だからと、タダで引き取ってやったってぇのに。もういい。おめぇが金を作れねぇと言うなら、太一に今までの恩を返してもらう。今の世の中奉公は無理でも、売り飛ばす先はいろいろあるんだ。七つのガキでも一両くらいにゃなるだろう」

一方的に言い放ち腰を浮かせた直助に、真っ青になってしがみつく。

「お願い、それだけは堪忍して。お金は、あたしがどんなことをしても作るから」

懇願すると再び腰を下ろしたが、落ちつかなげにそわそわと貧乏ゆすりを始めた。

「なんでぇ。用意ができるんなら、最初《はな》っから気持ちよくうなずいてくれりゃいいものを。おかげでこっちゃ言いたくもねぇことを言っちまったじゃねぇか。それで、金はいつできるんだ」

バツの悪さか後悔か。直助は妹の顔を見ずに小声で尋ねる。

「……とにかく、何とかするよ。金ができたら連絡するから」

こちらも小声で答えると、目の前の顔が再び険しくなった。

「おい、こちとら我が子の命がかかってんだ。三月、半年と待てる話じゃないんだぜ」

「わかってるよ……今月中に、何とかするから」

苦し紛れにそう呟《つぶや》くと、ようやく見知った表情に戻る。

「無理を言ってすまねぇ。おまきにもよく言っとくぜ」

改めて頭を下げられたが、もはや礼には聞こえない。途方に暮れるこちらの気持ちを知ってか知らずか、兄はそそくさと出て行った。

(あと二十日のうちに十両だなんて。どう考えても無理な話だ)

藤ノ江は呆けたような表情で宙を見つめた。

あと半刻もすれば、昼見世が始まる。早く化粧をして着物を着替えなければ。

辛うじてそう思うだけの分別はあったが、腰が抜けたように立ち上がることができない。

(あの兄さんが、あんなことを言い出すなんて)

思いも寄らぬ変貌を目《ま》の当たりにして、なす術《すべ》もなくうなだれた。

十三で父親が死んでからというもの、兄はずっと親代わりだった。弟分だった亭主との祝言を心から祝福し、博打にはまったと知ると身体を張って諭《さと》してくれた。その甲斐もなく借金を残して逃げたときなど、自分以上に憎んで嘆いてくれたのだ。

――あいつがこんな腐った奴だったとは……すまねぇ、おれはたったひとりの妹を不幸にしちまった。

身を売ると決めたときだって、「太一のことは気にするな。我が子と思って育てるから」と、涙を流して請け合ってくれたのに。

(兄さんが悪いんじゃない……みんな、世の中が悪いんだ)

恨みたくなる気持ちを抑えつけ、藤ノ江は胸の内で繰り返した。

直吉の身体が弱いのは誰のせいでもない。それでも太一が元気であるほど、我が子が不憫《ふびん》でならないのだろう。

せめてもっと金があれば。ちゃんとした医者に診せられるだけの十分な金があったら、あんなひどいことは言わなかったはずだ。

そして、金がないのは兄が悪いわけじゃない。どれほど真面目に働いたって、貧乏人は貧乏人のままなのだ。

(でも、だからといって、太一を売り飛ばされてたまるもんか)

先ほどの剣幕を思い出し、我知らず強くこぶしを握った。

わずか二つで親から引き離された哀れな子。別れるときの悲痛なまでの泣声は、今でも耳から離れない。

両国には見世物小屋や軽業《かるわざ》小屋がたくさんある。どこも幼い子を牛馬のようにこき使い、仕込んでものにならない場合は、身体の一部を切り落として見世物にするとも聞いていた。

(冗談じゃない。どんなことをしても十両作ってみせる)

自分にそう言い聞かせて、よろめきながらも立ち上がる。すると待っていたように断りもなく襖が開いた。

「なんだい、まだ支度ができてないじゃないか。腑抜けてないでさっさとしなっ」

ずかずかと入ってきたおせんに叱り飛ばされ、急いで座敷を飛び出していく。そんな女郎の後ろ姿に遣手の怒声が追ってこないのはめずらしかったが、他のことで頭が一杯の藤ノ江は不思議に思うゆとりがなかった。

「ひぃ、ふぅ、みぃ……やっぱり何度数えても、二両二朱と五十二文しかないねぇ」

兄の来訪から十日がたった。藤ノ江は数えた金を巾着にしまい、何度目かわからない大きな溜息をつく。

すでに考えられる限りの手は尽くした。着物や櫛、簪、煙管まで、とにかく身の回りのものをぎりぎり一杯かき集めて質屋に持ち込んだ。多くもない馴染みはもちろん、初会の客にまで涙ながらに無心をした。無理と承知で女郎仲間にも借金を申し込んだ。

それでも――二両二朱と五十二文。

(あとの足りない分は楼主に借りるしかない……)

ジャラジャラと音のする巾着を握り締め、藤ノ江は暗い気持ちになった。

あと八両借金が増えたら、年季はどれほど延びるだろうか。五町の女郎は二十七までだから、行く行くは切見世に鞍替えして客を取ることになるだろう。

だが、それならそれでもいい。命に代えてもという意気込みで、夜見世の前に人目を忍んで内所《ないしょ》へ向かった。

「楼主、折り入ってお願いがありんす」

「なんだい、まさか金の相談じゃないだろうね」

奥で帳面を見ていた男が不機嫌な様子で機先を制す。紫乃屋の楼主はひょろりと痩せてぃて、落ち窪んだ小さな目がいつも人を睨んでいるようだ。間近で見る冷ややかな眼差しに身がすくんだが、藤ノ江は勢いよく身を伏せた。

「後生でありんす。どうかあたしに十両、いえ八両でよござんす。貸してやっておくんなんし。それで年季がどれほど延びようとかまいんせんから」

急《せ》き込むように訴えると、低温の生き物を思わせる男が目をすがめた。

「冗談じゃない。お前、自分の年がわかって言っているのかい。そんな大金貸せるもんか」

「これ、この通り。拝みんすよう」

「あたしはお稲荷《いなり》さんじゃない。拝まれたって聞かないよ。さぁ、早く見世に出る支度をして来な」

犬を追い払うように手を振られたが、しぶとく畳に這いつくばった。

「お願いだ。このままじゃたったひとりの子が売り飛ばされちまう。あの子が元気でいてくれると思えばこそ、廓勤めも耐えられた。あの子に万一のことがありゃあ、あたしは生きちやいられない」

涙を浮かべて訴えると、男にしては細く長い首が傾いた。

「そういや、お前は子持ちだったっけ。確かその子は身内があずかっているんじゃなかったかね」

探るような目つきで尋ねられ、正直に話すしかないと腹をくった。つかえながらも語り終えると、楼主は「なるほど」とうなずいた。

「あたしゃよく忘八《ぼうはち》だの人でなしだの言われるが、今の世の中どいつもこいつも似たようなもんさ。そういうことなら、確かに売り飛ばされちまうだろうねぇ」

穏やかに相槌を打たれ、思わず身を乗り出した。

「ですから金を」

「だけどこっちも内証が苦しい。とてもじゃないが貸し倒れになりそうな金は貸せないよ。そりゃお前はあと一、二年なら稼いでくれるだろうが、八両なんて無理な注文だ。あきらめるんだね」

一瞬の希望は叩き潰され、藤ノ江はうずくまったまま動けなくなる。その様子をしばらく眺めていた楼主は、手を打って若い衆を呼ぶと「しばらく誰も入れるんじゃない」と言いつけた。

「藤ノ江、そんなに我が子がかわいいかい」

「はい」

「その子のためなら、本当にどんなことだってするんだね」

「はい」

念を押すような問いかけに、うつむいたままはっきり答えた。すると冷酷なはずの男がいきなり話の風向きを変えた。

「わかった。そこまで言うんなら、十両お前にやろう。ただし、あたしの頼みを聞いてくれたら、だ」

棚からぼた餅の提案に耳を疑いながらも頷きかけて——辛うじて問い返す。

「何を、しろと」

「ちょいと大きな声では言えない話でね。こっちに寄ってもらおうか」

手招きされてためらいがちに膝を進めると、真顔になった楼主が耳に顔をぶつけるような恰好で囁いた。

「この見世に、火をつけて欲しい」

「え」

「だから紫乃屋に付け火をしろと言ってるんだよ」

やや苛立った調子でも声の大きさは変わらない。

しかし、言葉の意味はわかったものの、命じる意味がわからなかった。

「どうして……そんなことをすりゃ、見世と女郎衆は」

かすれた声で聞き返すと、相手は平然と言い返した。

「見世が燃えちまえば、幽霊騒ぎも収まるだろう。生きている女は足があるんだ。火を見りゃ自分で逃げ出すさ」

「付け火は天下の大罪。もし捕まったら……」

（火あぶりだ）

続く言葉を青い顔で呑み込むと、陰《いん》にこもった笑みを浮かべられた。

「なに、そのときこそ幽霊騒ぎをうまく利用すればいい」

楼主の考えはこうだ。紫乃屋の幽霊は幸か不幸か江戸中に知れ渡っている。もし捕縛されてしまったら、「幽霊に操《あやつ》られて知らぬ間に火をつけた」と言えと。

「吉原の火事の大半は女郎の付け火によるものだ。付け火の下手人は火あぶりだが、ここじゃ哀れな女が切羽詰まってやったことだと、たいがい遠島《えんとう》ですむんだよ。まして人ならぬものに操られたとあっちゃ、大した罪にはならないだろう」

よほど自信があるのか、楼主はそう決めつける。

けれどもこっちにしてみれば、鵜呑みにできるはずがない。

「でも大火事になったり、大勢の人が死んだら」

「そのときは、そのときだろう。からっ風の時期じゃあるまいし、大した火事にはなりゃしないよ」

楼主はそらっとぼけたが、とてもそんな風には思えなかった。周囲を塀とお歯黒溝《はぐろどぶ》に囲まれた吉原の住人は、火の回りが早ければ逃げ場を失う。しかも妓楼は密集して建てられている上に板葺きだ。あっという間に屋根を伝って燃え広がり、火事のたびに多くの犠牲者が出ているのだ。

(あたしはどうなったっていい。だけど付け火なんかして、関わりのない人まで死なせちまうのは……)

果たして許されることなのか。

ことの大きさに逡巡すれば、冷たい声が突き刺さった。

「さっきの勢いはどうした。所詮産み捨てにした子、なんだかんだと母親ぶっても、いざとなりゃ己のほうが大事なんだろう」

見下すような口ぶりに頭の中で思いが弾ける。

(あんたなんかに、何がわかる)

渦巻く思いをためらいとともに呑み込むと、覚悟を決めて口を開いた。

「わかりんした。引き受けんしょう。ただし十両はすぐに払っておくんなんし」

「なんだって」

低い声の要求に相手は眉を撥《は》ね上げる。

だが、ここで引いては意味がない。藤ノ江は渾身《こんしん》の力で睨みつけた。

「あたしゃすぐにも後ろに手が回るんだ。利用した挙句踏み倒そうったって、そうはいくもんか」

挑むように言い切ると、楼主が面白くなさそうに鼻を鳴らした。

「これだからすれっからしは嫌なんだ。わかった、先に十両出そう。ただし約束は守ってもらうよ」

「無用な念押しさ。こっちはここの女郎だよ。金だけ持ってずらかりたくてもできないことなどわかってるだろ」

「フン、それじゃ持っていけ」

手文庫から取り出した金を差し出され、ひったくるように受け取った。そして小判が十枚あることを確かめると、震えながら頭を下げる。

「こうなりゃ早いほうがいい。雨さえ降らなきゃ、やるのは五日後だ」

手の中の小判と同じくらい、その言葉はずしりと重かった。

三

（あぁ、とうとうこの日が来ちまった）

雨が降ってくれればとの願いも空《むな》しく、この五日間は天気が続いた。乾燥している冬場ほどではないだろうが、火をつければたちまち燃え広がるだろう。

けれど金は兄に渡してしまったし、実行するしか道はない。

（なに、悪くたって火あぶりになるだけさ。それで太一が救えるんなら、どうってことないじゃないか）

あれ以来何度も言い聞かせてきた台詞をお題目《だいもく》のように繰り返す。

金ができたという知らせに飛んできた兄は、最後まで妹の顔をまともに見ようとしなかった。その金をどうやって作ったのか、恐らく知りたくないのだろう。米搗《こめつ》きバッタのように頭を下げながら背中を丸めて帰っていった。

これで太一が大事にしてもらえるとは言い切れないが、売り飛ばすことだけは思いとどまってくれるだろう。兄は決して悪い人ではない。直吉さえ元気になれば、昔の人柄を取り戻してくれるはず。

（せめて一度、大きくなった太一に会いたかったよ）

いくら目を閉じてみても、浮かんでくるのは二つの子の泣き顔ばかり。表で元気に駆け回る今のあの子を見てみたかったが、それは空しい夢だった。

「姐さん、目なんぞ閉じてどうし——なんした。疲れた——でありんすか」

少女の気遣うような声を聞き、藤ノ江は慌てて目を開く。

「違うよ。ちょっとぼうっとしていただけ。なんだい、あかね。あたしに何か用かい」

微笑みかけると、切髪《きりかみ》頭の禿がほっとしたような顔をした。

「よかった。藤ノ江さんは近頃元気がなかったから。具合でも悪いのかと思って——いんした」

取ってつけた廓言葉に思わず笑みが深くなる。「今だけ故郷《くに》の言葉で話していいよ」と言ってやると、うれしそうな顔になった。

まだ髷が結えないあかねは見世に売られて一年足らず。吉原特有の言葉遣いがなかなか身につかないせいで、いつもおせんの視線に怯えていた。

そんな幼い禿を、藤ノ江はほうっておくことができなかった。実の親から引き離され身をすくませている姿が、どうしても太一と重なってしまう。気付けばいつもかばってしまい、おせんに睨まれた分だけ禿たちには慕われていた。

「大丈夫。あたしは丈夫だけがとりえなんだから」

「じゃあ、元気がないのは遣手どんのせいに違いねぇ。大事な櫛や簪を取られちまったんだろう」

顔を赤くして憤《いきどお》られて、藤ノ江は束の間首をひねる。しかし、すぐに(なるほど)と思い当たった。

金を工面するために、目ぼしい着物や櫛、簪はすべて質に入れていた。見世に出るときはどうにか取り繕っているものの、以前と比べみすぼらしいのは否めない。

このところの沈んだ様子とあいまって、事情を知らない幼いあかねは遣手に取り上げられたのだと思ったのだろう。その精一杯の思いやりに感謝しながら、小さな顔に向かってゆっくりと首を振った。

「違うよ。おせんさんに取られたわけじゃない」

「けどあの人は、白藤さんの簪だって取っちまった。内緒にしているつもりだろうが、おらは知ってる」

「なんだって」

挙げられた名に目を瞠《みは》ると、あかねは大きくうなずいた。

「白藤さんは、おっかさんの形見の簪をおらに見せてくれたんだ。扇の透かし模様の、そりゃきれいな銀色のやつ。遣手どんがそれを持ってるの、おらはこの目で見たんだから」

真剣な表情は、幼くても自分の見たものに自信があるからだろう。一瞬、簪を振りかざすおせんの姿が脳裏に浮かんでどきりとする。

とはいえ、死んだ女郎の持ち物を遣手が我が物にするのはよくあることだ。それらはすぐに売り払われ、金に替えられるのが常である。

だとすれば、あかねがこの話を他人《ひと》にしたら厄介だ。万一おせんの耳に入れば、「人を盗人呼ばわりするのか」とねじ込まれるに決まっている。

そこで藤ノ江は禿に言い聞かせた。

「そのことは他の人に言うんじゃないよ。白藤さんの話をすれば楼主に睨まれるし、あたしはおせんさんに何も取られちゃいないんだから。わかったね」

どこか不満そうな表情だったが、少女は黒髪を揺らしてこっくりとうなずいた。背中を軽く叩いてやるとすぐに廊下を走っていく。そのはずむような後姿を見送るうち、どうしようもない後ろめたさが襲ってきた。

あかねにとっておせんは鬼のような存在であり、自分は心やさしい人なのだろう。まさか見世に火をつけるとは、夢にも思わぬに違いない。

付け火は天下の大罪だ。遣手が女郎を責め殺すより、よほど罪深いことではないか。

(それでも、あたしはやらなきゃならない)

ただ——我が子のためだけに。

(……堪忍しとくれ……)

目の奥に込み上げてきた熱い涙を、藤ノ江は歯を食い縛ってやり過ごす。

身勝手な理由で罪を犯す者は泣くことなど許されない。本当に嫌ならば、しなければいいのだから。

(涙を流してかまわないのは、巻き込まれて踏みにじられる人だけさ)

痛みをこらえて瞬きを繰り返す赤い目に、鮮やかな庭の緑がまぶしかった。


——いいか、大引け(午前二時)を過ぎたら、白藤の座敷に行って火をつけろ。二階の若い衆には見回りをしないよう言っておくから。

夜見世の前に楼主からそう言い渡された。もちろん今夜は見世には出ない。泊まり客がついたりしたら、夜更けに抜け出せなくなってしまう。

頭が痛くて客が取れないと言ったって、もちろんおせんは承知しない。が、楼主の口添えがあれば話は別だ。仲間の嫌味を聞き流し、ひとりさっさと床についた。

時が進むのが早いのか、遅いのか。聞こえてくる嬌声はまるで遠い世界の出来事のようだ。じりじりとただ待つ間、落ち着かず何度も寝返りを打つ。

（今夜は客がいなけりゃいいのに。いや、むしろ独り寝のほうがぐっすり寝入ってしまうから、客と一緒のほうがいいのかも）

思ったところでどうにもならない堂々巡り。けれどもこうして寝ていると、考えずにはいられない。

そしてとうとう、八ツの鐘が鳴り終わった。

（そろそろ……行かなくちゃ）

廊下の気配に耳をそばだて、かねて用意のものを手に寝巻き姿で部屋を抜け出す。

誰も姿は見ていなくても、深夜幽霊座敷へ忍び入るのだ。しかもそこでしようとしていることを思えば、ますます足がすくんでしまう。

だが、ためらっている時間はない。あと二刻で夜が明けてしまう。

震える手に力を込めて、藤ノ江はそうっと襖を開けた。息を殺して足を踏み入れ、息苦しさを覚えながらも襖を閉める。

――あの座敷ごと見世は全部燃やしちまうんだ。屏風《びょうぶ》にたっぷり油をまいて火をつけろ。そうすりゃあっという間に燃え広がる。畳を焦《こ》がしたくらいですんだら、金は返してもらうからな。

これを使えと油やろうそくを渡されたとき、しつこいくらい念を押された。その言葉に力なく頷いたとき、先を考えるのをやめにした。

みんな火事に気が付かなかったら。

火の回るのが早くて逃げ遅れたら。

隣の見世に燃え移ったら。

母親が火付けの下手人と太一が知ったら。

そんなことを気にしていたら、息子の身は守れない。

(あの子のためだ。あの子を守るためなんだ)

呪文のように呟きながら血走った目で辺りを見回す。寝巻きにかからないよう注意をしながら震える手で油をまいた。一升《しょう》すべてまき終えると、閉め切った室内に独特の臭気が立ち込める。

あとは——火をつけるだけ。

藤ノ江はすぐにも逃げ出せるよう、空いている手を襖にかけた。

我ながら虫がいいと思ったが、できれば無事に生き延びたかった。うまくいけば誰にも気づかれず、お縄にならずにすむかもしれない。

よしんば捕えられたとしても、女郎の付け火は死罪にならぬと楼主が言っていたではないか。たとえ遠島になったとしても、運がよければ帰って来られる。

(生きてさえいれば、いつか成長した太一に会えるかもしれない)

轟く胸に命じられるまま、屏風にゆっくり火を近づける。そして闇の中から浮かび上がった絵を見たとたん、潤んだ瞳が限界まで見開かれた。

描かれていたのは豪華な花魁の道中絵。付き従う赤い着物の切髪禿が昼間のあかねと重なった。

こんな時刻に火をつけたら、禿たちは逃げ遅れるかもしれない。火事の最中は誰だって我が身のことで精一杯だ。疲れ果てて熟睡している子供など、置き去りにされてしまうだろう。親が我が子を命がけで守る長屋の火事とは違うのだ。あの子たちは火の中をひとりで逃げなければならない。おまけに遅い子供の足では、炎に巻かれてしまうのでは……。

稲妻のごとき思いつき。頭の中で太一の泣声とあかねの顔がくるくる回る。藤ノ江はそのまま金縛りにあったように動けなくなってしまい……とうとう耐え切れずに火を吹き消し、崩れるようにしゃがみこんだ。

我が子のためなら鬼にもなろうと思った。けれどそのために、太一と同じ年頃の少女たちを死なせることは忍びない。

あの子たちにも母がいる。飢饉に苦しむ村々では、飢えて死ぬよりまだましと娘を女郎に売るという。そんな思いで手放した子が炎の中で死んだと知ったら、どんなに嘆き悲しむだろう。

（だめだ。あたしには、できない）

真っ暗な座敷でうなだれたとき、背後の襖が音もなく開いた。

「これだから女ってやつは。どいつも口ばかりで役にたたない」

苦々しげな声の主が楼主だとすぐにわかった。何の言い訳もできなくて、震え声を絞り出す。

「楼主、堪忍しておくんなんし。やっぱりあたしにゃできんせん」

「まったく、白藤といいお前といい。土壇場で臆病風に吹かれやがって」

「えっ」

意外な言葉につられるように身体をひねって振り返る。その瞬間、すさまじい力で首を絞められた。

「もういい、こうなりゃあたしがやる。火元で女郎が焼け死んでいりゃ、そいつの仕業でカタがつく。だが、それにしたっていめえましいのは白藤よ。あいつさえちゃんと火をつけてりゃあ、こんな面倒なかったものを」

問わずがたりの告白に、もはや驚く余裕はなかった。骨ばった指が喉に食い込み、馬乗りになった男の顔が間近に迫る。とっさに目を閉じ渾身の力で突き飛ばそうと試みたが、どれほど痩せていようと男の力にはかなわなかった。

必死で抵抗するうちに、喉がつぶされ息が止まる。苦し紛れに筋の浮いた腕を摑んだが、力が入らず爪を立てることすらできなかった。

「大事なものはあらかじめ寮に運んである。見世が燃えて仮宅《かりたく》になりゃ、今度は化けて出られまい」

耳のそばで言われているのに、声がやけに遠く聞こえる。薄れていく意識の中、かすかに襖の動く気配がした。

（誰？）

こんなところへ一体どうして――いや、誰でもいい。後生だから助けてくれと心の中で叫んだが、ますます喉を絞め上げられた。全身の力が抜けていき、心残りはただひとつ。

（……太一、太一……）

どうか無事に大きくなってと最後の最後に願ったとき、

「うぅっ」

絞めていた手が突然弱まり、楼主が覆いかぶさってきた。

と察するより早く、解放されたばかりの身体が夢中で息を吸い始める。ゲホゲホと咳き込みながらも、必死で男の下から這い出す。

そして、恐る恐る振り返れば、

「ひっ」

息を呑んだ視線の先にあったのは、動かなくなった男の身体。うつぶせになったその首には簪が突き刺さっている。危ないところを助かったという安堵より、言い知れぬ恐怖が胸を占めた。

今の時刻は八ツ半あたり。見世中が寝入っている頃合いで、わざわざここに来る物好きはいないはずだ。

(まさか、本当に……白藤さんの幽霊が……)

腰を抜かした状態のまま真っ青な顔を引っぱり上げる。

そこには——髪を振り乱したおせんが亡霊のように立っていた。

四

なんだい、幽霊でも見るような面《つら》ァして。

あたしなんざ人の内じゃないかもしれないが、これでも一応命の恩人。ちったぁありがたがったらどうなんだい。

どうして楼主を殺したかって？

じゃあ何かい、あんた、くびり殺されたほうがよかったたってのかい。

やだねぇ、助け甲斐のない。ま、普通は楼主を手伝って、足でも押さえるとこだろうがね。

別にいいじゃないか。こっちの事情なんてあんたにゃ関係ないことだ。後の始末はあたしがするから、早くこっから出て行きな。

……馬鹿だねぇ。人がなけなしの仏心で言ってるのに。

仕方ない。ただし廓の身の上話だ。そのつもりで聞いとくれ。

今でこそこんな梅干婆になっちまったが、昔は小町娘と呼ばれてさ、色目を使う男だって掃いて捨てるほどいたもんだ。十七のとき、その中で一番男っぷりのいい飾り職の男と一緒になったのさ。

あんた、今あたしがその男に騙されて捨てられたと思ったろ。

おあいにく。その人は頭に何かつくくらい真面目な人だった。おまけに腕もよかったから、出入りしている店の旦那にも贔屓《ひいき》にしてもらってたんだ。

二人とも他に身寄りがなくて、所帯を持って五年めに待ち望んでいた子が生まれた。うれしかったねぇ、この先いいことしかないと思い込むくらい幸せだった。

ところが、いいことってのは続かないらしくてね。突然亭主が病にかかった。あの人さえ無事に生きていてくれたら、こんなところに落っこちちゃこなかったのに。ほんと、運命ってやつは残酷さね。

働き盛りで寝付いて二年後、亭主はとうとう死んじまった。

あたしの手元に残ったのは、山のようにふくらんだ借金と三つになった娘だけ。そうなっちまったら、子を手放して女郎になるしか道はない。どのみち女の細腕じゃ、とても二人食っちゃいけない。仕方がないのさ。

それでも、あたしはまだ恵まれていた。亭主を贔屓にしてくれていた小間物屋の旦那が、気の毒がって娘を引き取ってくれたんだ。ありがたくって、あたしゃあ何度も頭を下げたよ。

そのとき、旦那がこう言ったのさ。

――うちの娘として引き取る以上、産みの母親が女郎では外聞が悪い。お前さんは火事で死んだと言っておくから、年季が明けても一生顔出しはしないどくれ。

もちろん二つ返事で承知した。あたしの娘でいるよりも、ちゃんとしたお店のお嬢さんになったほうがよっぽど幸せに決まってるもの。

そして、娘と別れたあたしは岡場所女郎になった。あぁ、吉原じゃない。ここは元の住まいに近かったし、もう二十五を過ぎてたからねぇ。

だけど最初に勤めた見世が一年もたたずにお上の手入れでお取り潰し。あたしは私娼として捕えられ、切見世に払い下げられたってわけ。

吉原《なか》へ来たはじめのうちは、知り合いに会ったらどうしようかと思ったよ。けど、あんなところの客はろくに女郎の顔なんざ見ちゃいない。やるだけやったら、はいさようなら。もっともこっちだって相手の顔なんざ覚えちゃいない。毎晩男の袖を引いて同じことを繰り返すだけ。そのうちくたばると思っていたら、気がつきゃ年季が明けていた。

だけど人としちゃあ、もう死んじまってるのと同じことさ。大門の外では死んだと言われているんだし、今更堅気にゃ戻れない。仕方なく女郎屋の手伝いをしているうちに、いつの間にか遣手に収まった。そうこうするうちに娘の噂が聞こえてきたのさ。

うれしかったねぇ、浅草小町の評判を聞いたときは。しかもいずれは若旦那と一緒になって、店を継ぐというじゃないか。あたしは亭主に死なれて苦労したけど、その分娘が幸せになってくれる。世の中ってやつはちゃんと帳尻があうもんだって、心底思ったよ。

なのに……なんでかねぇ。気がつきゃみんなひっくり返っちまった。

店が左前になってあの子が身を売ったって聞いたときは、心の臓が止まるかと思ったよ。そのときからあたしは金の亡者になって、女郎衆を力ずくで稼がせるようになったんだ。

知っての通り、遣手の稼ぎは客からの祝儀が頼り。自分だけの力じゃ一文だって入ってこない。だから金を弾んでもらえば、女郎衆を騙してだって相手をさせた。

病持ちや女をいじめたがる男……どんなとんでもない客でも、あたしゃ金次第で呑み込んだ。もちろん女郎衆からは泣いて恨まれたさ。それを苦にして首をくった妓《こ》もいたよ。それでもあたしゃ荒稼ぎを止めなかった。金が欲しかったんだよ。あの子をここから救い出す金が。

もちろん見世が上妓として売り出そうって子を請け出すんだ。百両じゃきかないのは承知していた。どれほどジタバタしたって、一年くらいで作れるもんじゃないってことも。だけどやらずにゃいられなかった。

おかげですっかり悪名高くなっちまって。紫乃屋の楼主から誘われたときは、さすがに驚いたがね。

あれはあの子が死ぬ前だ。若旦那がこっそり見世に来たんだよ。

身内が女郎を訪ねてくるのは、たいがいろくな用件じゃない。あたしは心配になって、二人の話を立ち聞きした。話は金の無心じゃなかったが、それより始末が悪かった。自分の縁談を告げてこう言ったのさ。

――お前が身を売って守ってくれた身代だ。どんなことをしても守ってみせるよ。

そのときのあたしの気持ち、あんたにわかるかい。できることなら飛び込んでいって、でくの坊の口をふさいでやりたかった。

女ってのは、たとえ我が身を犠牲にしても、惚れた男が幸せだったら生きていけるんだ。それなのに余計なことを言いやがって。若旦那が帰ったあと、あの子は気の毒なくらい気落ちしていたよ。

お互いとうの昔に一緒になれぬと覚悟したはず。どうして今更寝た子を起こすと、あたしゃさんざん腹ん中で罵《ののし》った。そしてどうにも胸騒ぎがして、大引けのあと、こっそり様子を見に行ったんだ。

ほんと、なんでもっと早く行かなかったんだろうねぇ。けど客を取らないあの子と違って、こちとら引け四ツ（午前零時）過ぎまで忙しい身だ。だいたい血も涙もない遣手がどんな言葉をかけりゃいいのさ。

どうか無事でいておくれと祈る思いで襖を開けたら……あの子が真っ赤な血を流して倒れてた。その首には今と同じようにこの簪が刺さっていて、あたしは我を忘れて叫んだよ。

こりゃあね、うちの人が作ってくれた簪だ。あの子と別れるとき、いつか親の形見として渡してくれと、旦那にお願いしたものなんだ。まさかそれが、あの子の形見になるなんて……。

きっと若旦那の話を聞いて、この世に絶望したんだろう。変わり果てた姿を見てそう思ったよ。

亡骸《なきがら》はすぐ浄閑寺《じょうかんじ》に投げ込まれ、あたしも後を追いたいとどれほど思ったことか。だけど絶つに絶てない我が命、おまけに鬼の遣手が人前で泣くわけにはいかない。仕方なくここに忍んで来ては、屏風の陰で泣いていたのさ。

なんだ、今頃わかったのかい。すすり泣きの正体はこのあたしだ。見す見す我が子を死なせちまったんだもの。涙も出ようってもんじゃないか。

そのうち幽霊騒ぎが大きくなって、何度も止めようと思ったよ。でも、駄目だね。八ツの鐘を聞くと、あたしゃふらふらとここに向かっちまう。そして座敷に入りゃ、どうしたって泣けっちまうのさ。

泣声の主を探せと命じられても止められなくて、若い衆が不寝番に立ったときは、こっそり一服盛ったんだよ。

あの子が死んじまったんで、金を稼ぐ必要はなくなった。だけどあたしらのせいで見世が傾いたと思えば、楼主に申し訳なくってね。あんたたちも迷惑だったろうが、楼主もずいぶん金に困って、そりゃあイライラしてたんだ。

ところが五日前から、急に様子が変わった。ひとりでごそごそものを運んでいるし、人を内所に寄せ付けない。そして今晩、あんたを見世に出すなと言う。しかも若い衆にも言い含めているのを見て、こりゃ何かあると思った。そこでずっとあんたの様子をうかがっていたのさ。

それにしても――自分の見世に火をつけるたぁねぇ。

確かに仮宅になりゃ、空の金箱はあっという間に金であふれるだろう。新しい見世ができるまで町家に女郎を押し込めて、揚げ代をうんと下げるんだもの。普段は敷居が高くて近寄れない半纏着の奴らがここぞとばかり押しかけて来る。ひとりの払いが少なくたって、五倍六倍と客を取らせりゃ儲かるわけだ。

焼け太りの楼主と反対に、大変なのは女郎さね。休む間もなく客を取らされ、見世ができる前に死んじまう妓だって出る。でも、そんなもなぁなんでもない。不景気が続く限り、身を売る女は米や魚よりあふれてるんだ。若くて初心《うぶ》な娘の方が客にだってふっかけられる。病持ちや年増はさっさと死んで欲しいのさ。

さっきのあんたたちのやり取りで、あたしはようやくわかったんだ。

あの子は若旦那のために金を作ろうとして、楼主に付け火を命じられたに違いない。女心と罪の狭間できっとずいぶん悩んだろう。そしてとうとう、思い余って……。

おや、なに泣いてんだい。女郎上がりの作り話をまさか本気にしたのかい。

さぁ、もう出て行きな。あたしゃこれから忙しいんだ。

あ、ちょいと……あんたの子、名はなんてのさ。

へぇ、太一っていの。

……男の子で、よかったねぇ……


「やだやだ、米の値がまた上がりやがった」

「仕事の口はさっぱりでも、お飯《まんま》を食わねぇわけにはいかねぇし。このまんまじゃ女房を売るしかねぇ」

「おめぇんとこの牛みてぇな女房じゃ、タダでも見世は引きとらねぇよ」

「置きやがれ。てめぇんとこの熊みてぇのよりましだってんだ」

「久しく女郎買いもしてねぇなぁ」

「この不景気だ。金のいらねぇ女房で我慢しやがれ」

「先立つものがなきゃ、吉原《なか》じゃ相手にされねぇし。いやはや白粉《おしろい》の匂いが恋しいぜ」

「そういや聞いたかよ。紫乃屋の話」

「おぉ、女郎の幽霊が遣手に取り付いて、楼主を殺したってんだろ。しかもその遣手も喉を突いて死んだっていうじゃねぇか」

「あすこの遣手はおせんといって、血も涙もねぇ鬼だと女郎連中から恐れられていたらしい」

「きっと福田屋のおりつもさんざんいじめられていたんだろう」

「その恨みが残って成仏できなかったってわけか。しかし楼主まで殺すなんざおっかねぇなぁ」

「なに言ってやがる。遣手なんてもなぁ、楼主の代わりに女郎たちを締め付けるんだ。恨まれて当然だろうが」

「これでやっと、おりつも成仏できるだろうよ」

「一度に楼主と遣手が死んで、紫乃屋はこの先どうなるんだ」

「さてなぁ、こんな騒ぎを起こしたんだ。お上に睨まれてお取り潰しかもしれねぇな」

「元から左前だったというし、その前に潰れちまうだろう」

「そうなりゃ、女郎衆はどうなる」

「他の見世で稼ぐだろうよ。紫乃屋の女は別嬪《べっぴん》揃いだ」

「小見世にでも鞍替えしてくれりゃ、おれも贔屓にするんだが」

「阿呆。そんな金がどこにある。おめぇは黙って牛とやってろ」

「てやんでぇ。てめぇに言われる筋合いはねぇ」

「いっそ火が出て仮宅になれば、高値の花に手が届くんだが」

「高嶺の花と言やぁ、三笠屋《みかさや》の八重垣《やえがき》花魁は身請けが流れちまったらしい」

「本当かよ。相手はさるご大身のお旗本、札差への借金が消えて金ができたんじゃねぇのかい」

「借金がなくなったって、手持ちの金が増えるわけじゃあんめぇが。身請けをエサに花魁をたらしこみ、さんざんむしりとって捨てたって話だ」

「かぁっ、侍のすることっちゃねぇな」

「今の世の中、一等金に汚ねぇのが奴らよ」

「二本差はやれ体面だ、意地だと無駄に金をかけやがる。家のためだと泣きつかれ、身を売る武家娘はざらにいらぁ」

「三笠屋の胡蝶《こちょう》も紫乃屋の紫川《しせん》も武家の出らしいぜ」

「お武家の御新造様になるはずが、女郎屋の新造たぁ気の毒に」

「まったく嫌になっちまうな」

「金が仇の世の中だぜ」

夜が更けて、もうすぐ八ツの鐘が鳴る。

閉め切った座敷の中、ひとりの女が簪を握り締めていた。どうしても手放せなかったその一本は、暗闇の中でも鋭い光を放っている。

そして——女は、簪を振り上げる。

真贋
しん がん

一

たいがいの手作業は集中を要する。

まして緻密な「贋作《がんさく》つくり」なら、なおのこと。

ひとり机に向かっていた弥ノ助《やのすけ》は左手で眉間を押さえると、あきらめたように筆を置いた。

昼飯を食べてから半刻（一時間）ばかり筆を握っていたのだが、どうにも調子が悪い。前は二刻（四時間）くらい夢中で描いていられたのに、近頃はすぐ気持ちが切れる。

たとえ贋作でも、いや贋作だからこそ、筆に気持ちが入らなくては。今はこれまでと立ち上がり、厚手の羽織に袖を通した。

「ちょっと出てくる」

草履を履きつつ声を上げれば、奥から女が飛び出してきた。

「まぁ旦那、この寒いのに吉原《なか》まで豆腐買いですか」

知った風な大声がことさら弥ノ助の癇《かん》に障った。おかつというこの下働きは、髪を藁《わら》で結うような垢抜《あかぬ》けない百姓女だ。

(抜いたばかりの蓮根《れんこん》が人並みな口を利きやがる)

元から不機嫌な腹の虫が無駄に大きな声を出させた。

「だったらなんだ。お前なぞがとやかく言うことじゃない」

「へ、へぇ、いってらっしゃい」

怯《おび》えたように背を丸くした女を無視し、足音も高く表に出た。

吉原《なか》で買うのは女郎が相場。とはいえ、大門《おおもん》内には店屋が揃い、女の他にもいろいろ買える。ことに揚屋町《あげやまち》の「山屋《やまや》」の豆腐は有名で、「あじはひかろくして、世にならびなし」と称される。下谷《したや》はずれに住む身にとって、数少ない楽しみなのだ。

おかつにはそう言ってあったが、真の狙いは別にあった。

「いらっしゃいまし」

ふらりと足を踏み入れたのは、同じ揚屋町の絵双紙屋だ。人の気配に店番の小僧が声を上げたが、弥ノ助だとわかるなり再び読本《よみほん》を並べ出した。

頻繁に顔は出すものの、一度も金は出していない。小僧といえども知らぬ顔をしたくなるだろう。

正月も七日を過ぎて松飾りは取り払われたが、二日に売り出されたばかりの錦絵が所狭しと並んでいる。かじかむ両手を袖口に突っ込み、ぐるりと店内を見回した。

歌川国貞《うたがわくにさだ》、国直《くになお》……かつて同門だった兄弟弟子の作品が、色鮮やかに店先を飾っている。そのほか師匠の豊国《とよくに》、葛飾北斎《かつしかほくさい》らの役者絵、美人絵、名所図等々。

人気のある絵師はみなそれぞれ個性がある。わざわざ名前を見なくても、誰の作かは一目でわかった。

――お前さんの絵はさ、何というか面白みがないんだよ。歌川《うち》は奇をてらわない流儀とはいえ、人目をひかなきゃ意味はない。いくら手本通りに描けたって、それじゃ摺りものと一緒じゃないか。

はるか昔、国貞に言われた言葉をここへ来るたび思い出す。

（ふん、錦絵一枚二十文の紙屑《かみくず》絵師がえらそうに。肉筆だってせいぜい十両がとこじゃねぇか。おれなんざ、ものによっちゃあ百両の値がつくんだぜ）

悔し紛れに胸の中、啖呵を切っても空しいばかり。高値で売買されるのは名人の作と思われてこそだ。自分の画号「歌川国弥《くにや》」と入っていたら、買う物好きはいないだろう。

最初《はな》から重々承知とはいえ、それでもやはり収まらない。

（名人上手と同じ絵を描けるってこたぁ、それだけ技量《うで》があるってことだ。だったらどうし

て、おればっかり世に出ることができないんだ)

積もりに積もった鬱憤を込め、兄弟子の描いた助六《すけろく》を睨《にら》み返す。

弥ノ助は芝神明《しばしんめい》前の薬種問屋、万寿堂《まんじゅどう》の次男に生まれ、幼いときから絵を好んだ。手習いを始めても、文字より絵ばかり描くために叱られていたほどである。

門前町としてにぎわうその辺りは、とりわけ絵双紙屋の数が多い。渋る女中に武者絵や役者絵をねだり、それを手本に描き続けた。

そんな息子に親は渋い顔をしたものの、どうせ次男坊である。「それほど好きならやらせておこう」と大目に見てもらった結果、十歳を越す頃には「万寿堂の下の子は、そこらの絵師よりうまい絵を描く」と評判を取るようになった。

そこへ店の馴染み客、御家人の浜田与志郎《はまだよしろう》が耳寄りな話を持ち込んだのだ。

――弥ノ助の画才は幼少より明らか。立派な師につくことができれば、さぞかし大成するであろう。実は某《それがし》、御用絵師の永田貴船《ながたきせん》殿とはじっこんの間柄。先日弥ノ助の話をしたところ非常に関心を持たれたのだが、如何《いかん》せん町人を弟子にはできぬとおっしゃってな。そこで、だ。よろしければ弥ノ助を某の養子とし、御家人の子として永田殿に弟子入りさせてはと思うのだが。

さんざん思案を重ねた末に、二親はこの申し出を承知した。

なるほど浮世絵は流行っているが、絵師として生計を立てるのは難しいと聞く。御用絵師なら御家人並みでも俸禄があり、絵師としても格が上。

それに、だ。

(家柄重視のお役目と違い、絵師ならば腕次第。師が表絵師でも弥ノ助ならば、認められて奥絵師に取り立てられることもあるのではないか)

と、期待したのである。

奥絵師ならば御目見得以上、つまり旗本や大名と肩を並べる身分になれる。

万寿堂は婦人病の妙薬「紅血寿丸《こうけつじゅがん》」の販売元で内証《ないしょ》はかなり裕福だったが、いや、裕福なればこそ取らぬ狸の皮算用。我が子の将来に過分の期待をしたのだろう。

弥ノ助は十三になると「浜田弥志郎《やしろう》」と名を改め、貴船のところに弟子入りした。だが、ほどなく親の見込みが見当外れだと知った。

やれ武士だ、御用絵師だと威張ったところで、禄はたかだか二十人扶持《ぶち》。お城や寺社の修繕があれば金になろうが、頻繁にあることではない。

俸禄だけでは暮らせないため弟子を募って束脩《そくしゅう》を取り、豪華な屏風《びょうぶ》や掛軸を描く。それらを御用絵師の肩書きでなるたけ高く売りつけた。

しかも弟子が上達すると、弟子個人の作にも「永田貴船」と名を入れて売りさばく。その代価は当然貴船の懐に入る。ことに弥ノ助は筆が速いと重宝がられ、師の代作ばかり描かされた。

挙句少しでも文句を言えば、「町人上がりが生意気な」と睨まれる。兄弟子たちは貧しい御家人の次男、三男が多いので、裕福な町人出はいじめの的だったのだ。

（おれはこんな目に遭うために、家を出たんじゃない）

悔し涙に暮れながら何度もそう思ったが、今更家には戻れなかった。

子供の頃から一心に絵筆を握って過ごしてきたのだ。今になって算盤や帳面付けを一から習うなどまっぴらだ。

（どんなことをしても、筆一本で身を立ててやる）

そう思って辛抱に辛抱を重ねた末――十八で貴船の元を飛び出し、浜田家からも勘当された。その後自ら望んで浮世絵師、歌川豊国に弟子入りしたものの、ここでも芽が出ずに、二十三で上方へ。

それから、十年。

いかに大金を稼ごうと、心は決して満たされなかった。

（あのまま辛抱して歌川にいりゃあよかったのか。だがそれだって、背景描きの下働きで終わっていたかもしれないし）

年がいって名を上げた葛飾北斎など例外中の例外だ。二十代で売り出せなければ、絵師としての見込みはない。だからこそ江戸を飛び出したのだが、上方でも相手にされなかった。金に厳しい大坂で、すがれるような知り合いもいない。あっという間に金に詰まって、のたれ死にかと観念したとき。

仕入れに来ていた両国の書画骨董商、蓮華堂善兵衛《れんげどうぜんべえ》に拾われた。

商売柄その道の目利きであり、旗本や留守居役にも知られた男の裏の顔――それが「贋作つくりの元締め」だった。

江戸の町には代々の借金で首が回らぬ武士が多い。ただし極貧に喘《あえ》いでも、「これだけは手放せぬ」という宝を持っていたりする。蓮華堂はそういう輩を狙うのだ。

――ご秘蔵の掛軸の贋作をつくり、それをお売りになってはいかがでしょう。「家宝を手放したと知れては面目に関わるため、くれぐれも他言無用」と先方に念を押せば、露見する気遣いはございませぬ。代価を手前と折半《せっぱん》すれば、家宝と金がお手元に。

そっと耳打ちしてやれば、たいていの者はすぐうなずくと聞かされた。

そうして持ち込まれる品物は名だたる絵師の作ばかり。中でも弥ノ助は狩野探幽《かのうたんゆう》を得意とし、同じ贋作《もの》を二つ描いた。

ひとつは売りものに、もうひとつは持ち主に。

つまり真筆は、人知れず蓮華堂の蔵にしまいこまれる仕組みである。はじめて目にする買い主はもとより、持ち主までも騙される。ここまで五年を要したとはいえ、弥ノ助が自信を持つのも無理はなかった。

今の住まいにしてからが、

「弥ノ助さんにはこれからどんどん描いてもらわないといけないからね。下谷田圃近くにうちの寮がある。あそこなら静かだし人目につかないから、こもって絵を描くにはもってこいだ」

と、あてがわれたものだった。

贋作師でも、絵師は絵師。

子供の頃の誓い通り、筆一本で大金を稼いでいる。

絵師の中には内職の凧《たこ》つくりが本業になったり、筆を捨てて版木彫りや摺りにまわる者も多かった。たとえ他人の名前でも、自分の絵はこの先代々受け継がれる。すぐに廃《すた》れる浮世絵よりも、よほど価値があるではないか。

自らにそう言い聞かせてここまできた。

しかし、どれほど言い繕っても——贋作は、贋作。

(どれほど懸命に描いたって、おれが描いたと知れりゃあ紙屑になっちまう)

こみ上げてくるやり切れなさは、日増しに強くなっていく。真筆に迫れば迫るほど、名入れのときはつらかった。

(技量だけなら、負けねぇのに……)

これ見よがしに飾られた店先の錦絵を睨みつけ、かつての仲間と胸のうちで張り合っていると、

「お客さん、そいつをお気に入りで」

あきれたような小僧の声で、ここがどこだか思い出す。「いや、いい。邪魔したな」と早口に言って外に出た。

(まったく、ざまぁない。早いとこ豆腐を買って帰るとするか)

苦笑を浮かべて歩き出したとき、向こうから来る女と目が合った。

年の頃なら三十前後、櫛巻き髪に黄八丈《きはちじよう》という出で立ちだ。おまけにこの寒空に襟を大きくあけている。

今は八ツ(午後二時)過ぎ、五町の妓《おんな》は昼見世を張っている頃合いだ。河岸《かし》女郎に用はないと、気にも留めずにすれ違おうとしたところ、

「もし、弥ノ助さんじゃないかえ」

言葉とともに袖を引かれ、返事をせずに足を止めた。

若い頃ならいざ知らず、ここ数年は切見世になど行っていない。どうして名前を知っていると、探るように女を見た。

どうやら湯屋の帰りらしく、ほとんど化粧はしていない。十人並みの顔の中、下がった目尻のすぐ下の三角を描く三つの黒子《ほくろ》に弥ノ助はあっと声を上げた。

「……お前……おみね、か」

半信半疑で尋ねたら、女が無言で頷いた。

(南無三つ。こいつはとんだ厄日だぜ)

望んでいない再会に内心頭を抱えてしまう。

なにしろこのおみねはただの昔馴染みではない。上方への路銀を作ろうと駆け落ちに誘い、平塚《ひらつか》の宿で置き去りにした女なのだ。元は老舗の総領娘がこんな境遇に落ちたのも、きっとそのせいに違いなかった。

(むこうにしてみりゃ、ここで会ったが百年目。ええ、おれとしたことが。たとえ呼び止められたって、知らん顔で行き過ぎればよかったのに)

自分自身に腹を立てても、今となっては後の祭りだ。黙ったままの女に向かい、気まずい口をこじ開けた。

「その……達者だったか」

「……」

「じ、実はあのとき、とんでもねぇ揉め事に巻き込まれてさ。宿の主人にはお前のことをくれぐれもと頼んでおいたんだが……ようやくカタがついたのが一月《ひとつき》以上もたってから。そのあと慌てて迎えに行ったが、お前はもういなかったんだ。あ、あれから一体どうしていたんだ。いつから吉原《なか》の女郎になんぞ……」

言い訳がましくまくし立てると、女はじっとこちらを見ている。

そして肩をすくめて呟《つぶや》いた。

「西河岸の切見世女郎になったのは一年前。その前は飯盛りなんぞをしておりました」

淡々とした物言いがひどく不気味に感じられる。身から出た錆とはいえ、もとより気は短いほうだ。

(恨み言なら早く言えっ)

やけっぱちで言おうとしたとき——いきなり女が頭を下げた。

「おめでとうございます」

「何だって」

「お望みどおり、上方でご出世なすったんでしょう。すっかり立派におなんなすって。おかげでこんなあたしでも、ちったぁ報われた気がします」

今日の弥ノ助は黒の長羽織に紺の結城《ゆうき》と、金のかかった恰好である。きっとおみねは絵師として成功したのだと思ったのだろう。

思いのほかの殊勝な言葉に弥ノ助の胸が熱くなった。

(そうだ、こいつはこういう女だ)

すっかり忘れていたことごとが懐かしさとともに甦《よみがえ》る。

器量自慢の妹がいていつもおどおどしていたこと。描いてやった絵姿を見て、顔を真っ赤にして喜んだこと。

そんな女であったから、「上方に行く」と切り出せば否やはなかった。親の目を盗んで金を持ち出し、自分の後をついてきた。「すぐに戻る」と笑顔で言えば、かけらも疑いはしなかった。

てっきりなじられると思っていた分、そうとわかれば情が湧いた。苦界に生きるけなげな女に少しくらいは報いてやろう。

「その、なんだ。積もる話もあることだし、近くにうまいうなぎやがある。どうだろう、そこで一杯」

ためらいがちに提案すれば、おみねはにっこりうなずいた。

二

思いがけない再会から五日。ひとりこもった座敷の中で、弥ノ助は思い出し笑いを繰り返していた。

あれからうなぎや「たけもと」の二階に上がり、どちらからともなく抱き合った。そこで驚くべき変貌ぶりを堪能してからというもの、頭の中はおみねで一杯だ。

(十年も身を売っていると、肌が荒れて締まりがなくなるというがとんでもない。肌といい、腰といい、いやはやたいしたものじゃないか。ありゃあ元々身体の奥に魔性が潜んでいたんだろう。してみりゃ堅気のお内儀《ないぎ》で収まりのつくはずもない。ふふっ、とどのつまりは女郎になってかえって幸せというやつだ)

わずかばかりの後ろめたさはとっくの昔に消えていた。あの成熟した女体を最初に抱いたのが自分と思えば、いっそ誇らしい気さえする。

出会った頃のおみねは、床に入るとまるで操《あやつ》り人形だった。男に言われるがままぎくしゃくと手足を動かすだけ。声を出せと言えば声を出し、静かにしろと言えば歯を食い縛る。

(女ってぇのは変わるもんだ)

素直といえば聞こえはいいが、男を悦ばせる手管もへったくれもない。ただしがみつくだけの地女《しろうと》にうんざりしたものだった。

ところが、今は自在に身体を変化させ、男の快感を手玉に取る。様変わりした女の媚態に弥ノ助はすっかり魅入られていた。

あの身体を組み敷いた数多《あまた》の男は憎らしかったが仕方がない。さりとて今後はぜひとも独占したいもの。

しかし、

(身近に囲っておくのはなぁ)

思案顔で腕を組み、どうしたものかと考え込む。

贋作つくりは裏の稼業、人に知られるわけにはいかない。

現に弥ノ助が贋作師だと知っているのは、蓮華堂ただひとりである。下働きを山出し娘にしたのだって、人に知られぬための用心——おかつなら、万一下絵を見られても気づかれないと思ったからだ。

おみねがどれほど一途でも、女というのは口が軽い。何より出世したと信じている女に贋作師とは知られたくない。

となればやはり、女郎と客で会うしかなかった。

（おれが見つけたとびっきりの身体をこの先も誰かにおすそ分けかよ。フン、面白くもない）

弾力のある両の乳房を思い出しながら、つい舌打ちをしてしまう。

（世の中、うまくいかねぇやな）

切ない思いで溜息をつくと、別れ際のかすれ声が甦った。

――また会ってくださいな。五日後の八ツ、またここで。

すると、またぞろ顔がゆるんでくる。しかも今日は約束の日、待ちに待った五日後だ。

（おっと、いけねぇ。じき八ツになっちまう）

浮かれた気分で立ち上がり、衣紋掛《えもんか》けから羽織を取る。手を通そうとしたときに、机の上の真っ白な紙が目に入った。

元々調子が悪かったが、女と再会して以降ますますひどくなってしまった。まるで気持ちが定まらず、どうにも筆を取る気がしない。

（その、ナンだ。乗らないときに無理やり描いてもいいもんは描けねぇ。近頃女もご無沙汰だったし、ここらでひとつ気を変えりゃあ今に調子も出て来るさ）

ごまかすように呟いて、振り切るように襖を閉めた。

「出かけてくる」

言うなりおかつが出てきたが、その表情は妙に硬い。めかし込んだ恰好を見て疑わしそうに口を開く。

「……今日は、お豆腐じゃないんですか」

「馬鹿馬鹿しい」

バツの悪さをごまかすようにしかめっ面で表に出た。

鼻歌まじりに歩いていると、八ツの鐘が鳴り始める。これはまずいと小走りになり、大門をくぐって「たけもと」へ。

「来てるかい」

息を整え顔見知りの仲居に声をかけると、心得顔でうなずかれる。さりげなく祝儀を握らせて、「料理はゆっくり」と念を押した。

「遅いじゃありませんか」

仲居が襖を閉めたとたん、女がすねた声を出す。

「すまなかった。ちょっと仕事が押していてね」

「お前さんに待たされるのは慣れっこだけど、待つ身には長いもんですよ」

「おいおい。そこまで待たせちゃいないだろう」

あてこすりの恨み言もこの程度なら薬味代わりだ。今日もおみねは黄八丈だが、髪はきちんと結ってあった。

た売上カードは貴店
当社に記録し、配本
して使用させていた
にお送りください。

(な)-35-2

光文

光文社時代小説文庫

ひやかし

中島要

834-76744-3 C0193 ¥540E

<お願い>

光文社文庫売上カード

〒112-8011 東京・文京・音羽1

本体
540円+税

光文社文庫注文カード

書店・取次店

部数

㋤-35-2

光文社文庫

光文社時代小説文庫

ひやかし

中島要 著

本体540円+税

定価は本体価格に施行税率を加算したものとなります。

9784334767440

ISBN978-4-334-76744-0
C0193 ¥540E

(安女郎でもおれに会うんで気張ったんだろう。へへ、年増になってもいじらしいじゃねぇか)

腹の中で脂下《やにさ》がり、酒も飲まずに押し倒そうとしたのだが、

「嫌ですよ。尻の青い小僧じゃあるまいし。今日はめずらしいものを持ってきたんですから、まずはこれを見てくださいな」

女はそう言って押しとどめると、弥ノ助に古びた紙を差し出す。予想外の成り行きに仏頂面で受け取って——見て、言葉を失った。

「こ、こりゃ……」

「お前さんが描いてくれたあたしの絵。大事な人の形見だからと、大切に取って置いたんですよ」

言葉とともに擦り寄られたが、見開かれた目はそのままだった。

背景も小道具もなく、墨一色で描かれた若い娘の立ち姿。髷も大きく島田《しまだ》に結わせ、「ほれ見ねぇ、見違えたじゃねぇか」と、素早く筆を走らせた……。

(おれの、絵だ)

心の臓がひとつ、ドクンと鳴った。

十年前、おみねと別れて上方に行き、そこで己の絵を捨てた。

贋作つくりは徹底した模倣だが、ただ真似ただけでは素人にもわかる「似せ物」になる。見破れない贋作、真筆に勝るとも劣らないものをつくるには、「本物」のつもりで描くことだ。

この道に入ったとき、蓮華堂からそう諭《さと》された。

——まずは自分が歌川国弥だってことを忘れるんだ。元の絵を描いた名人になりきって、筆を取るんだよ。我こそが名人、時を越えて甦った狩野探幽だと信じて描いてくれ。

名のある絵師になりきるには、たくさんのことを知らねばならない。人となりから暮らしぶり、誰の依頼で描いたかなどをできる限り調べ上げ、当時のことに思いを馳せた。

するとあるとき、絵師が感じた思いが、狙いが、はっきり摑みとれたのだ。

なぜその構図か、色か、技法か……疑問の余地なく納得したとき、力強い筆の勢いすらそっくりな贋作《もの》が仕上がったのである。

しかし、どれほどいい仕事をしても、いくら名人になりきっても。

贋作は、真筆ではない。

ありったけの情熱を傾け、渾身の力を注ごうとも。

自分の絵であって、自分の絵ではない。

自分の絵とは誰にも言えない。

（だけど、こいつは……この絵だけは……）

よれて黄ばんだ和紙を持つ手が小刻みに震えた。

「……おれの、絵、だ」

「そうですよ。だから大事に持ってたんじゃないか」

かすれた声を絞り出すと、おみねがあきれた顔をする。何をわかりきったことをと、言わんばかりの表情だった。

（おれが描いた絵を、おれの絵だと言っていいんだ）

それはあまりに当たり前で、ずっと忘れていた喜びだった。

絵を描くのが好きだったのは、きれいなものが好きだったからだ。

上達するのがうれしかった。描きたいものがいろいろあった。

そして何より見た人から、「弥ノ助はすごいねぇ」と褒めてもらいたかった。

（こんな手遊《てすさ》びを……こいつは大事に取っておいてくれたんだ……）

工夫もへったくれもない、いかにも手抜きに見えるそれを、満面の笑みで受け取ったおみねの姿を思い出す。

長い間、自分が描いたと知れてしまえば紙屑だと思っていた。

だがこの女は、弥ノ助の描いた絵だから大事に持っていたと言う。

名人上手の作でなく、弥ノ助が描いた絵だからこそ。

(だったら……おれは、おれの絵を描きたい)

絵師として当然の欲求が突如奔流のように押し寄せてきた。

方々に義理を欠いた身だ。今更売れたい、名を上げたいとは思わない。「歌川国弥」と名乗れなくても構わない。

ただひとつ、「これを描いたのはおれだ」と名乗りたい。

そう言って胸を張れる絵を描きたい。

技量だったら決して引けは取らないはずだ。贋作つくりで得た金もある。残りの人生すべてを賭ければ、きっと道は開けるはずだ。

そこまで一気に考えたとき、気になったのは蓮華堂の思惑だった。

贋作つくりに絵師は不可欠、まして自分ほどの腕利きをすんなり手放すものだろうか。

一瞬不安がよぎったが、すぐに気持ちを切り替えた。

(今までさんざん稼がせてやったんだ。拾われた恩があるとはいえ、いつまでも言いなりでいることはねぇ。どうしてもと泣きつかれたら、たまに手伝ってやろうじゃないか)

手前勝手に虫のいいことを考えていると、訝《いぶか》しそうな声がした。

「ちょいと、黙っちまってどうしたのさ」

呼びかけられて我に返り、本気でおみねに微笑みかけた。

「こんな落書きみたいな絵、よくぞ大事に取っていてくれた。礼を言うぜ」

熱い思いが込み上げて、かすかに言葉が震えていた。女は束の間目を瞑《つむ》ったが、すぐに婀《あ》娜《だ》な笑みを浮かべる。

「そりゃあねぇ。この世でたった一枚の、かけがえのない大事な絵だもの」

一言一言嚙み締めるように、おみねははっきり言い切った。

三

「ちょいと、おみねさん。これから稼ごうってぇときにどこ行くんだい」

お天道様は塀の向こうに沈みかけている。力任せに袖を引かれて、出かけようとしていたおみねは首をすくめた。

「野暮用でね。暮れ六ツにはまだ間があるし、客は張見世を素見《ひやか》してから来るんだもの。その頃までには帰ってくるよ」

「とか何とか。この間もそう言って、とんだ明烏《あけがらす》だったじゃないか。お前さんとこの灯《あかり》がないと、素見どころか素通りの客が多いんだからさぁ」

すねるようにすがられても、相手は四十《よそじ》の白塗り女だ。（そりゃ無理もない）と思いつつ、軽い口調で言い返した。

「またまた、おしまさんったら。商売敵が減ってくれりゃあ、かえって好都合ってもんじゃないか」

「嫌なことを言うよう。あたしがあんた目当ての客でしのいでいること、承知の上で言うのかい」

馬鹿にされたと思ったのか、おしまは皺の寄った顔にムッとした表情を浮かべた。

吉原で最下級の切見世でも、女郎によって稼ぎに差がある。自力で客を呼べない妓《おんな》は、売れっ妓《こ》の隣で客を引くことが多かった。

二畳一間に布団と枕、一切（約十分）百文の商売だ。済み次第客が帰るため、終わるのを待つ男もいる。ところが路地が狭いため、見世の前でねばっていると路地番の男に追い払われることもあった。

おしまのような売れない女郎はそういう客の袖を引く。だからおみねに休まれては商売に障るのだ。

「あんたは前借もないようだし、好きで客を取っているのかもしれないけどさ。あたしゃ酔狂で身を売ってんじゃないんだよ。ちったぁ考えてもらいたいねぇ」

態度を変えた隣人に今度はおみねがムッとした。

(あんたが売れないのはあたしのせいじゃないじゃないか。こっちのお余りでどうにか客がついているのに、よく言うよ)

本音の啖呵は口には出さず、この場はやり過ごすことにした。

「稼がなきゃならないのはお互い様さ。けど、今夜はちょっと訳ありなんだ。これで見逃しておくれな」

素早く一朱(一両の十六分の一)を握らせると、おしまの目が輝いた。

「わかったよ。遅くとも五ツ(午後八時)までには戻るんだろう」

「そのつもりさ」

「じゃ、そう言って引き止めておいてやるよ」

きっと待とうとする客に、「そこは冷えるからお上がりよ」と親切ごかしに言うのだろう。その上恩に着せる気だから恐れ入る。

(好きにすりゃいいさ)

ようやく袖を放してもらい、おみねは今度こそ歩き出した。

華やかな仲之町に面した五町と違い、このあたりの路地は細くじめじめしている。その両側に切見世が並び、すえたにおいのする部屋で女たちは客を取った。

(こんなごみ溜めみたいなところで身を売ることになるなんて。誰だって娘時代は想像だにしなかったろうよ)

あのおしまにしてからが、以前は千住で旅籠《はたご》の女将《おかみ》をしていたという。もっとも女郎の身の上話、どこまで本当か知れないが。

(だけどあたしは、正真正銘神田岩本町《いわもとちょう》の呉服商、清水屋《しみずや》の娘だったんだ)

心の中で呟いて、おみねは知らずあごを引いた。

一つ違いの妹と違い人目をひく容姿ではなかったが、老舗の跡取り娘として何不自由なく育てられた。いつかは商いのできる男を婿に取り、実家の女主人になると信じて疑っていなかったのに。

(こんなことになったのは、すべて弥ノ助のせいだ)

かつて焦《こ》がれた男の顔が憤怒とともにまぶたに浮かぶ。

初心《うぶ》な自分に口先だけの恋をしかけ、駆け落ちさせたあの男。店から金を持ち出させ、その金と消えた悪党にまさか今頃会うなんて。

(再会したときの奴の顔ったらなかったよ)

責められるかと身構えながら、必死にごまかそうとした。口から出まかせの言い訳にこっちがあきれているとも知らず。

（なにが一月後迎えに行った、だ。あたしはあそこで半年も待っていたんだ。よくそんな口を叩けたもんだよ）

その場しのぎの言い訳が最後の期待を打ち砕き、恨みと怒りに火をつけた。

（悪いことはできないねぇ）

ほの暗い笑みを浮かべつつ、京町二丁目の木戸をくぐった。

じき夜見世が始まるとあって、張見世の前では男たちがうろうろしている。そのざわめきを横に見て、羅生門河岸の方向へ。目当ての九郎助稲荷《くろすけいなり》に着くと、ちょうど六ツの鐘が鳴った。

（これから商売って時刻に稲荷詣なんて。そんな女郎はあたしくらいだろうね）

人気のない境内を見回して、満足そうに手をこする。

おしまがうるさい切見世ではとても大事な話はできない。思案の末にこの時刻、ここへ男を呼び出したのだが、近づいてくる人影はひとつもなかった。

（どうせそこらの張見世にでもひっかかっているんだろう。だいたい男ってぇのはてんで約束を守りゃしない。どいつもこいつもいい加減なもんさ）

春とは名ばかりの夜風に震え、おみねは腹の中で罵《ののし》った。

そしてなぜか——男を信じて待っていた昔のことを思い返した。

今となっては、なぜ信じたのかわからない。大店《おおだな》とは言えないまでも、清水屋は老舗で通っていた。言い寄る男は身代目当てと用心していたはずなのに。

（かえって、それが裏目に出たかもしれないねぇ）

境内裏の木にもたれ、いまいましい昔に目をすがめる。

清水屋の娘たち、おみねとおさとはまるで似ていない姉妹だった。妹のおさとは錦絵に描かれるほどの器量よしで、姉のおみねはせいぜい十人並みといったところ。

当然「おさとを嫁に欲しい」と数多くの縁談が舞い込んだ。中でも材木商木曾屋《きそや》の息子は熱心で、「身ひとつで来てくれればいい」とすがらんばかり。

周囲がしきりと勧める中、「姉さんを差し置いて」と気遣う妹に、「たった一つの違いじゃない。遠慮なんておかしいわ」とおみねはあえてけしかけた。

だが、心の中は決して穏やかではなかった。

総領娘のおみねにだって縁談がなかったわけではない。とはいえ一番熱心なのは仲を取り持つ仲人で、肝心の男たちはさほどでもない。

（おさとに言い寄る男はおさとが目当て、あたしに言い寄る男は身代目当て。あたしは女としてこれっぽっちも値打ちがないんだ）

人には言えぬ気持ちの底で、娘心が涙を流した。

だからこそ、弥ノ助に「すべてを捨てておれと一緒になってくれ」と言われたときはうれしかった。「お前ひとりがいればいい」と口説かれて、信じ込んでしまったのだ。

（結局、金目当てだったのに。この人は違うと思い込んだんだから、あたしもおめでたかったよ）

愚かな自分を哀れむように、おみねは小さく苦笑した。

呉服屋の跡継ぎ娘と見習い絵師、一緒になるには駆け落ちしかないと説得された。言われるままに五十両を持ち出して、ひとりこっそり家を出た。「上方で一旗揚げる」と言う男を信じ、東海道を西に進んだ。

そして平塚に着いたとき、男が笑顔でこう言ったのだ。

――おれはここから一里ほど行った知り合いのところに用がある。明日の朝には戻ってくるから、ここで帰りを待っていてくれ。

まさか置き去りにされるなんて夢にも思っていなかった。「早く帰ってきて」と甘えれば、無言でぎゅっと抱きしめられた。その力強さを嚙み締めて男の帰りを待っていた。

朝が来て、昼が来て、夜が来て……一晩どころか三日たっても、男は戻ってこなかった。「いい加減宿代を払ってくれ」と迫る主人に、「何でもするから置いてくれ」と泣いてすがった。有り金残らず持ち逃げされて、それでも男を信じていた。

（きっと何かあったに違いない。知り合いの人が難儀に巻き込まれているとか、怪我をして動けないとか。あたしがここを出て行ったら、二度と弥ノ助さんに会えなくなってしまうもの）

知り合いの名前すら聞かされていないのに、騙されたとは思わなかった。そんなおめでたい娘を哀れに思ったのか、ついに宿の主人が「条件付きでなら置いてやろう」と言い出した。――うちみたいな宿場の旅籠じゃ、仲居はみな飯盛り女を兼ねている。あんただけを特別扱いにしたんじゃ、他の女に示しがつかない。いいかい、半年だ。半年のうちにここから出て行くか、あんたのいい人が迎えに来るか。どっちも駄目でここにいるなら、そのときは客を取ってもらうよ。

その申し出を聞いたとき、ためらうことなく承知した。いくらなんでも半年以内に弥ノ助が来ると思い込んでいたからだ。

だが、三月もたつと……怒りや焦《あせ》りや悲しみより、あきらめのほうが強くなった。何か事情があったにしても、人づてに文や金を寄越すくらいはできるはず。やはりみんなが言うように、きっと自分は騙されたのだ。はじめから路銀を得るためだけの存在だったに違いない。

（こんなことになるのなら、駆け落ちなんかしなきゃよかった……せめて置き去りにされたとき、すぐさま江戸に戻っていれば……）

心底後悔してみても、もはやすべては手遅れだった。

三月もたった今となっては、おみねの駆け落ちは広く知られているだろう。おまけに五十両も持ち出している。もしかしたら人別《にんべつ》からも抜かれているかもしれなかった。

かくなる上は自業自得、身を売って生きるしかないのかと悲嘆にくれたとき、泊まり客のひとりに声をかけられた。

――お前さんの身の上は聞いた。よかったらあたしの世話にならないか。

男は小間物屋の嘉平《かへい》と名乗り、江戸と上方を行き来する商人のようだった。旅籠の主人は申し出を受けるよう勧めたが、おみねは決心がつかなかった。

――どうやら決めかねているようだ。三月後、またここに泊まるから、そのときまでに決めておくれ。

そう言って男は旅立った。

当時、嘉平は四十過ぎ。しかもずんぐりとした小男で、十八の娘にはどうしても受け入れがたかったのだ。

ところが一月、二月と経つうち、おみねはまたもや後悔し始めた。

どうしてあのとき、旦那について行かなかったのだろう。もしも旦那が来なければ、自分は毎晩違う男に抱かれなくてはならないのに。

仮にここを出たところで、駆け落ち者の成れの果てだ。まともな職にはつけやしない。どう転んでも身を売るしか道はなく、旦那は救いの主《ぬし》だったのに。

もはや弥ノ助が戻ってくるとは、かけらも期待していなかった。

(どうか旦那が来てくれますように。心変わりをしていませんように)

祈る思いで待ちわびて。

三月後、約束通り嘉平は平塚にやって来た。

「どうだ、決心はついたかい」

やさしい声で尋ねられ、おみねは何度もうなずいた。そしてこれまでのすべてを打ち明け、一枚の絵を取り出した。

「そいつは、お前さんか」

「はい、憎い男が描いた絵です。ひょっとしたら何か事情があって来られないんじゃないか、怪我をして動けないんじゃないかと待ち続けていましたが……もういいんです」

そう言って目の前で引き裂こうとしたところ、思いがけず止められた。

「そんなことはしなくていい。大事に取っておきなさい」

「どうしてです。もうこんな男のことは」

「何とも思っていないというならなおのこと、そのままにしておきなさい。ずいぶんと雑な描きようだが、腕は悪くないようだ。ひょっとしたら上方で、本当に一旗揚げるかもしれない。そうなりゃあんたはそいつの恩人。せいぜい大威張りで会っておやり」

やさしく肩を叩かれて、おみねの目から涙があふれた。

――馬鹿な女だ。捨てられたことに気づきもしねぇで。

――知らぬが仏さ。気の毒にねぇ。

哀れみまじりで繰り返される陰口がどれほど心に刺さったか。言い返せない我が身がどれほど情けなかったか。

そんな思いをわかってくれた嘉平の言葉が、どれほどうれしく響いたか。

（旦那に会えてよかった）

心底おみねはそう思った。

その後一緒に暮らすうち、旦那にも裏の顔があると知った。けれど、夫婦同然に過ごした日々は幸せだった。死なれて二年、嫌というほど思い知った。

そして、今頃になって……弥ノ助と巡り合った。

（本当に世の中ってぇのは皮肉なもんさ。だが、ここで会ったが運のつき。持ち逃げされた五十両、きっちり返してもらおうじゃないか）

昔の男と再会したとき、おみねはそう決心していた。

四

待ち人は、小半刻（三十分）も過ぎて現われた。

「おう、待ったか」

悪びれた様子もなく寄って来た男は、このあたりをうろつく地廻りである。ふてぶてしい態度に腹を立て、おみねはあごを突き出した。

「まったく待ちくたびれたよ。さ、早く教えておくれな」

「そう怒るなって。だから裏茶屋にしようと言ったじゃねぇか」

「フン、そんなところで会ったんじゃ危なくって仕様がない」

「なんでぇ。人に面倒を頼んでおいて、相手をしねぇつもりかよ」

「それはあんたの話次第。さ、聞こうじゃないか」

擦り寄ってくる男に遠慮なく肘鉄《ひじてつ》を食らわせると、わざとらしい舌打ちが聞こえた。

「ちぇっ、相変わらずだぜ。それじゃ言うがよう、あのヒョロヒョロした野郎は下谷外れの寮に住んでいやがった。他に出入りしているのは、百姓女がひとりっきりだ」

いかにも渋々という口調で語られる話をおみねは真剣に聞いていた。

この地廻りは馴染みのひとりで、今ではこちらの言いなりだ。そこで弥ノ助の身辺を調べさせていたのである。

「あの野郎、よりにもよって田圃の一本道ばかり歩きやがって。おかげで後をつけるのにえらく苦労をしたんだぜ」

「下谷の寮ねぇ。あいつの家は芝の薬種問屋だそうだから、実家の寮かもしれないね」

「いや、そうじゃねぇ。聞いた話じゃ持ち主は骨董商だ。薬種問屋じゃねぇよ」

即座に思い付きを否定され、怪訝な思いで首をひねる。

再会してから一月余り、弥ノ助はこの身体に執着しながら一度も身請けを言い出さなかった。豪勢なものを着ているし、「たけもと」で会うたび一両も寄越すのだから、金に不自由はないはずなのに。

(歌川国弥なんて名は一向に聞かないし、今の画号は教えやしない。てっきり絵師とは名ばかりで、実家の厄介になっていると思っていたのに。まさか本当に名のある絵師になったのかねぇ)

それはそれで癪に障ると思いつつ、話の続きを促した。

「で、持ち主の名は」

「何てったっけか。確か、両国の……」

「はっきりおしよ」

「こう、抹香《まつこう》くせぇ店の名で」

「……まさか……蓮華堂、じゃないだろうね」

ふと思い当たって低い声で尋ねると、男が大きく手を打った。

「そう、それだ。両国の蓮華堂に間違いねぇ」

とたんにおみねの顔が強張り、言った男が口を尖らす。

「おい、それが何だってんだよ。おれはおめぇに言われた通り」

「あぁ、おかげで助かった。ありがとうよ」

「って、一分（一両の四分の一）？　いや、そうじゃねぇだろうが」

「ここは吉原。その金で別の女を買っとくれ」

手前勝手に言い捨てて歩き出した女の腕を、苛立たしげに男が捕えた。

「切見世女郎が何を気取ってやがる。これ以上虚仮《こけ》にしやがると」

息巻いた地廻りが鼻の穴を膨らませたが、灯籠に照らされた白い顔は薄い笑みさえ浮かべていた。

「おや、無理やり抱こうってんですか」

「いや、その」

「そんなことしたって無駄ですよ。あたしがその気にならなけりゃ、男は極楽に行けやしない。あんただってとっくに承知じゃないか」

「……」

胸をそらして嫣然《えんぜん》と微笑みかけると、男の腕から力が抜けた。

おみねの身体がその魔性を発揮するのは、自分の意思で抱かれたときだ。そのことを遊び慣れた男は知っている。

「ずいぶんと待たされたせいで風邪をひいちまった。よかったら、また西河岸に来ておくれ。そのときはたっぷりかわいがってあげるよ。あと、言うまでもないけどね」

「なんでぇ」

「あたしが調べてもらったこと、絶対に他言無用だよ」

「へっ、念など押すねぇ」

ふて腐れた返事を聞いてから、おみねはにぎやかな声のするほうへ歩き始めた。

しかし、その表情は打って変わって青ざめている。通りすがる人の目には、本当に風邪をひいたと見えただろう。

（あの男のことだもの。どうせろくなことをしちゃいないと思っていたが……よりにもよっ

て蓮華堂かい……道理で画号が言えないはずさ。贋作つくりに名前なんぞあるはずないもの）

身体がこきざみに震えるのは、怒りなのか恐怖なのか。

折りよく屋台の蕎麦屋を見つけ、おみねは小走りになった。

「おじさん、お酒」

「つけますか」

「冷やでいいから早くして」

甲高い声を張り上げると、酔客に慣れた親父は茶碗酒を差し出してくる。それを一気にぐっとあおって、震える息を吐き出した。

実はおみね、蓮華堂の裏の顔を知っている。

それというのもかつての旦那、嘉平の正体が盗人で、蓮華堂に盗みに入って殺されたからだ。

表向きは紅《べに》、白粉《おしろい》を扱う商人を装っていた旦那だが、裏に回れば「針穴《はりあな》の嘉平」と二つ名で呼ばれる盗人だった。仕入れの名目で江戸と上方を行き来したのも裏稼業のためである。

しかし、嘉平は非道な盗みはしなかった。真面目な商いをしている店には決して手を出さず、悪徳商人や賂《まいない》を溜め込んでいる旗本屋敷に忍び込んで盗みをする。今どきめずらしい筋を通した盗人だったのだ。

――あたしが盗みに入ったせいで、まっとうな人が苦しむようじゃいけねぇ。たとえ盗まれてもお上に届けられない金を盗んでこそ、本当の盗人ってもんだ。

妾になって一年後、これなら大丈夫と見極めをつけたのか、裏の稼業を教えてくれた。店を持たない小商いのわりに金回りがよく、仕事に身を入れるでもない姿に不審を覚えていたおみねは、事実を知っても驚かなかった。むしろ筋を通す姿勢を聞いてほっとしたくらいである。

すでに老練な指先に肉体の悦びを教えられていた。今更離れられないし、愛撫の際の囁《ささや》きは大きな自信を与えてくれる。

――若い奴は何でも上辺で判断するが、いい女ってのは面《つら》がきれいなことじゃない。お前のように極上の身体を持った気立てのいい女のことをいうんだ。あぁ、そうだ。そうやって脚の間に力を入れて……おぉ、こりゃたまらん。お前は最高の女だよ。

夜ごと快楽を植えつけつつ、「お前はいい女だ」と繰り返してくれた。

そして二十三を過ぎた頃、江戸に戻っていたおみねは旦那の言葉が安易な気休めでなかったことを悟るようになる。近所に住む男たちが、熱っぽい眼差しを投げかけてくるようになったからだ。

はじめは自分の勘違いかと思ったが、ある日妹の亭主とすれ違って確信した。清水屋の婿となった元は木曾屋の若旦那が、おみねを義姉《あね》と気づかないまま声をかけてきたのである。

（あれほどおさとに首っ丈で、あたしなんか眼中になかった若旦那が……どうでも一緒になりたいと、実家を捨てた若旦那がねぇ）

顔を隠してそそくさと別れた後、人目もはばからず笑い出しそうになった。

若さに駆られて思いを遂げても、材木と呉服では商うものが違いすぎる。清水屋の商いが傾くにつれ夫婦仲も悪くなり、妾もいると聞いていた。

（あたしは女の出来損ないだと思っていたけど、そんなことはなかったんだ。そう思えるようになったのも、みんな旦那のおかげだもの）

盗みは確かに悪いことだが、旦那は悪人を懲らしめるためにやっているのだ。罪もない人間を平気で裏切る輩より、よっぽどまっとうではないか。

おみねは本気でそう思っていた。

ところが二年前、ついに嘉平はしくじった。

「針穴」の二つ名は、どんな狭い隙間からでも侵入できるという意味らしい。腕に覚えのある男は、あえて警備が厳重な店を狙いたがった。

――今度のつとめは両国の蓮華堂といってな。表向きはまっとうな書画骨董商で通っているが、裏じゃ贋作つくりでしこたま儲けていやがる。蔵の中には金のほかに、表に出せないお宝がごっそりあるという話だ。あたしは今度のおつとめで五百両はいただくつもりだが、なにしろ奴は甘くねぇ。まんまと盗みおおせても、しばらくは江戸を離れなくっちゃならねぇだろう。なあ、おみね。このおつとめが終わったら、しばらくぶりに熱海《あたみ》の湯にでもつかりにいくか。

寝物語に告げられて、夢うつつで頷いた。

翌日、いつものように男は出かけ——二日、三日と日がたっても戻らなかった。こんなことは、一緒に暮らし出してから一度もなかったことである。

——今まで一度もしくじったこたぁねぇ。

誇らしげに言っていた嘉平の姿を思い出す。

(きっと、何か事情があるに違いない。旦那に限って、まさか捕まるなんてこと……)

ひとり打ち消そうとすればするほど、ますます不安が広がっていく。そんなとき「大川で男の死体が上がった」と聞き、居ても立ってもいられなくなった。

(旦那じゃないよ……絶対に旦那じゃない……)

祈るような思いで野次馬の頭をぬってのぞき込み——顔色を失った。

それは、まさしく嘉平だった。

今朝方裸で浮かんでいるのを、船頭が見つけて引き上げたという。袈裟懸《けさが》けにバッサリやられており、町方は辻斬りと見ているようだ。

だとすれば、裸で浮いているのは不自然なのだが、着物は脱げて流されたと判断したのだろう。

（違う。旦那は蓮華堂に忍び込み、見つかって斬られたんだ）

即座にそう確信して、おみねは身体を震わせた。

恐らく用心棒に見つかって、その場で斬られたに違いない。着物を脱がせたのは黒装束を着ていたからだ。盗人の恰好で死んでいたら、お上の目が厳しくなる。だから裸で捨てたのだ。

動揺のあまり、よほど青い顔をしていたのだろう。隣の野次馬が「ねぇさん、大丈夫かい」と声をかけてきた。やっとの思いで頷いたとき、こっちを見ている男たちに気がついた。

（あの浪人、どうしてこっちを見てるんだろう……まさか、旦那の死体を埋めずに大川に捨てたのは、仲間がいるか探るため？）

ふっと脳裏によぎったとたん、おみねは走り出していた。後ろを見る余裕などなく、ただもう大川土手を走って、走って……とうとう膝をついたとき、恐々《こわごわ》後ろを振り返った。

そこには——誰もいなかった。

張り詰めていた緊張が解け、たちまち身体の力が抜ける。ようやく嘉平の死が悲しみとなって押し寄せてきて、人目がないのを幸いにその場でずっと泣いていた。

しかし、いつまでもそうしていられない。夕日が傾きかけた頃、おみねはのろのろと立ち上がった。そして一緒に暮らした家へと戻り、翌朝江戸を発ったのである。

針穴の嘉平はひとり働きだったから、仲間がいるとは思わないかもしれない。だが殺される前に捕えられ、おみねのことを話していたら？

表向きは堅気の商人で通している蓮華堂である。裏の稼業を知る人間は、必ず殺そうとするだろう。とにかく今は逃げなければと、恐怖に駆られて歩き続けた。

東海道を西に進み、平塚の宿で見覚えのある旅籠に気付いた。すがる思いで中に入れば、主人はおみねを覚えていた。無沙汰の挨拶もそこそこに「飯盛り女でいいから置いてほしい」と訴えると、「年五両だ」と返された。

いくら住み込みだからといって、客を取らせて年五両とは。足元を見られたと思ったが、渋々その場で承知した。

それから後の一年間は、気持ちの休まる時がなかった。江戸からの追手を恐れ、身の細る思いで日々を過ごした。

ところが何事もなく一年が過ぎると、（むこうは自分のことなど知らないに違いない）と思えてきた。

あの嘉平がしくじったほどの相手である。本気で口をふさぐのなら、とっくに追手が来ているだろう。もし狙われていないなら、こんなところで小さくなっていることはない。

そう思って江戸に戻ったものの、ここでも頼れるものはなかった。結局色を売るしかなく、切見世女郎になるしかなかった。

(旦那さえ生きていてくれりゃ、もっと人並みな暮らしができたのに。弥ノ助が旦那を殺した連中の一味だなんて……畜生！　どこまで祟《たた》れば気がすむんだい)

冷やでどれほど酒を飲もうと、頭は冴えるばかりだった。

底冷えのする夜の闇に、目を剝き裸で死んでいた旦那の顔が浮かび上がる。憎い男との再会も、嘉平の無念がなせる業《わざ》だと思えてきた。

(踏みにじられた仕返しにその気にさせて五十両、今度はこっちが巻き上げて笑ってやろうと思っていたが……そんなことじゃあ手ぬるいよ。旦那の仇《かたき》、あたしの恨み……今に吠え面《づら》かかせてやる)

死んだ男に誓いつつ、茶碗の酒を飲み干した。

五ツの鐘が鳴り終わっても、おみねはそこを動かなかった。

五

（おみねのやつ、一体どうしたってんだ）

座敷で机に向かいつつ、弥ノ助はずっと貧乏ゆすりを続けている。

約束していた三日前、女は「たけもと」に現われなかった。その場はすっぽかされたと腹を立てたが、相手はあのおみねである。

（ひょっとして急病にでもなったのか）

頭が冷えるとにわかに心配になったものの、あいにく女の住まいを知らない。そこで顔見知りの幇間《たいこもち》に捜させているところだった。

（伝八《でんぱち》の野郎、吉原《なか》で知らないことはないなんて大見得を切りやがったくせに。女郎ひとりを捜すのに一体何日かかっているんだ。えぇ、じれってぇ。こうなりゃおれが自分で捜す）

とうとう筆を投げ捨てて、勢いよく腰を上げた。

「ちょっと出てくる」

いつものように声を上げると、奥からおかつが飛び出してきた。

「あの、お豆腐だったらあたしが買ってきます」

「何だって」

真剣な顔に似合わぬ一言に、驚きながらも聞き返す。

「だって……このごろちっとも筆が進んでねぇようだし。豆腐ならあたしが行きますから、旦那はここでお仕事を」

気遣うような言葉を聞いて、なおさら頭に血が昇った。

自分の絵を描くと決めてから、計算違いの困った変化が弥ノ助の筆に表われていた。

どうやってもうまく元絵を真似できない。絵師の気持ちを汲み取るよりも自分の思いが前に出る。

(これもまぁ悪くはないが、おれだったらもっとメリハリのある色を使う。そのほうがぐっと締まるじゃねぇか)

本音が筆に伝わって似ても似つかぬ絵ばかりできる。これはまずいとムキになっても、いたずらに反古《ほご》ができるばかり。時だけが容赦なく過ぎて行き、弥ノ助はかなり焦っていた。

「よけいなお世話だ」

「あ、旦那さん」

引きとめるおかつを振り切って急ぎ足で寮を出た。

昼日中、大門を抜けて江戸町一丁目の木戸をくぐる。そのまま西河岸へ向かおうとして、ちょうど伝八と鉢合わせした。

「こりゃ、旦那。たった今からお知らせに行こうとしていたところ。折りよく昼見世も始まりやしたし、そのへんに揚がってパーッとひとつ」

「冗談じゃない。切見世女郎の居所を妓《おんな》の前で聞けるもんか」

仏頂面で言い捨てて、幇間を連れて蕎麦屋の隅へ。

「で、わかったのかい」

不機嫌な声で切り出すと、困ったような薄笑いが返ってきた。

「それがねぇ。元の居場所はわかったんでやすが、今の居場所はわからねぇんでござんすよ」

「どういう意味だ」

「お捜しのおみねって女郎が西河岸の稲荷長屋にいたことはわかったんですがね。隣のおしまってババァに聞くと、ここ三日ほど帰ってこねぇと言うもので」

思いのほかの展開に、弥ノ助は目を丸くした。

てっきり身動きできないような怪我か急病に違いないと思っていたら、無断で姿を消していたとは。

だが、七日前にあれほど深く抱き合ったのだ。女が自ら立ち去ったとは思えない。

「そのおしまって女郎、嘘をついているんじゃないか」

思いついて問い返すと、男は太い首をひねった。

「とてもそうは見えませんがねぇ。なにしろおみねは売れっ妓で、隣のババァはそのお流れの袖を引いて暮らしていたようなんで。これじゃこっちが干上がっちまうと、たいそうな剣幕でまくし立てておりやした。おかげでこっちゃあ放してもらえず、いやはや往生しやしたよ」

「だが、女郎が戻らなければ足抜けだろう。切見世とはいえ大事《おおごと》だろうに」

「ところが旦那、おみねは前借なしの身軽な身体だったそうで。あの女は好きで客を取っていたと、これもババァの受け売りですがね」

意外な話の連続に思わず耳を疑った。

金に困って女郎をしていると言っていた。好きで抱かれた男はひとり、お前だけだと言っていたのに。

すぐには信じられず呆然としていると、伝八がためらいがちに汚れた紙を差し出した。

「こりゃあ、おみねが姿をくらます前にババァに預けた代物《しろもの》で。もし弥ノ助という男が来たら、渡してくれと頼まれたと言うんでね。一応もらってきたんでやすが、これが何ともけったいで……」

相手の言葉をみなまで聞かず、慌ててそれを見てみれば、

「贋　作」

おみねを描いた絵の上に、黒々とした字で書いてあった。

「隣のババァ、どうもこの字が読めねぇようで。何と書いてあるんだとしつっこく聞くんでさ。旦那の前でござんすが、これでけっこうあたしも育ちがよくってね。『こいつぁガンサク、つまりニセモノと書いてあるんだ』と教えたついでに、『おめぇなんざ、さしずめ女郎のガンサクだな』と言ってやったら、泣くわ、喚くわ、暴れるわ。もうひどい目に遭いやした」

苦笑交じりの説明はほとんど耳に入らなかった。衝撃を隠せない様子を察して幇間はすかさず言葉をつなぐ。

「しかし、何だってこんなものを残していったんでやしょうねぇ。こんな落書き、贋作もへったくれもねぇだろうに。それともほかに紙がなくって、間に合わせで書いたんでやすかねぇ。旦那は意味がおわかりで」

そう尋ねる伝八には、芝神明の薬種問屋の主人だと名乗っていた。その絵と文字に込めら

れた意味など想像もつかないだろう。

けれど、弥ノ助にはわかる。

唯一贋作ではない自分の絵に書かれた「贋作」の文字。

これは、女からの脅迫だ。

お前の稼業を知っているぞ、と。

(どうしてあいつが知っている)

たちまち言い知れぬ恐怖が込み上げてきた。

再会してから一月半、抱きはしても稼業は一切教えていない。

しかも直接強請《ゆす》るでもなく、こんなものを残して消えるとは。

(あの女ァ、人を虚仮《こけ》にしやがって)

すっかり信じていただけに、女の行為は許せなかった。

(何が大事にしまっておいた、だ。人をその気にさせた上、あてつけがましい真似をしやがって。見つけたらタダじゃおかねぇから覚えていやがれ)

怒りが恐怖に打ち勝つと、じっとしてなどいられなかった。上目遣いの男の前に一両置いて立ち上がる。

「ここの払いと手間賃だ」

言うなり店を飛び出すと背後で伝八の声がした。それにかまわず一気に走り、大門を出て手近な駕籠に飛び乗った。

女の意図はわからぬものの、ほうっておいては我が身が危うい。蓮華堂に事情を言えば、切見世女郎のひとりくらいすぐにも見つけてくれるはず。

今に見ていろと眉をつり上げ、弥ノ助は駕籠に揺られていた。

六

「それはまた、何とも災難だったねぇ」

話を聞き終えた蓮華堂善兵衛はいつも通りの穏やかな口調で相槌を打つ。

駕籠を飛ばして両国に来た弥ノ助は、その泰然とした態度に肩の荷を降ろしたような気になった。

「あの女がどうして嗅ぎつけたか知らないが、このままにはしておけない。おれのことを知っているってこたぁ、あんたのことだって承知しているかもしれねぇんだ。すまないが力を貸してくれ」

面目なさげに頭を下げると、善兵衛はからかうような声を出した。

「おや、めずらしく殊勝じゃないか。近頃は誰のおかげで儲けていると言わんばかりのお前さんが」

「そ、そんなことはないだろう。おれはずっと、あんたが言う通りに描いてきたじゃないか」

胸の内をあてこすられて、弥ノ助は慌てて弁解する。

「それにしちゃあ、今回はやけに手間取っているじゃないか。ものは探幽の花鳥図だ。以前のお前さんなら一月とかかりゃしなかったのに。元絵をあずけてもう二月以上だよ」

責めるでもなくそう言って、静かに冷めた茶をすする。嫌な指摘にどきりとした。

「今はその……女のこともあって、どうも調子が悪かったんだ。あと一月、一月待ってもらえれば、今まで以上に見事なやつを」

「本当に、仕上げられるのかい」

「な、何を言ってるんだ。おれが一番得意としている探幽だぜ。できないわきゃねぇだろう」

内心の焦りを押し隠し何食わぬ顔で言い返せば、表と裏のある男が意味ありげな目でこっちを見た。

「聞いた話じゃ、女郎に入れ揚げる前から身が入らなくなっていたそうじゃないか。反古もいくつか見てみたが、なんだいありゃ。ひどいもんだね」

身に覚えのある相手の言葉に顔から血の気が引く。

「な、何のことだ」

シラを切っても無駄だとばかり、目の前の顔がにたりと笑う。

「まだ言ってなかったが、あたしには年頃の娘がいてねぇ。名をおかつっていうんだが、会ったことがあるだろう」

「それじゃ……」

「こういう商売をしていると、どうしても疑り深くなって。一番信用できるのは、何といっても身内だよ。お前さんの仕事の調子や生活ぶりは、ちゃんとおかつが知らせてくれている」

さらりと裏を明かされて、弥ノ助は言葉を失った。

あの不恰好な百姓娘が善兵衛の娘とは。しかも見張られていたなんて、夢にも思っていなかった。

「……も、元締めも人が悪い。た、確かにおれはこのところ調子が悪くって、いつものように筆が乗らない。だが、そういうことは誰しもあることだろう。第一、おれが描かなかったら、誰が描くんだ。描ける者などいねぇじゃねぇか」

顔を盛大にひきつらせたまま、それでも強気で胸を張る。

ところが、やり手の商売人は余裕の態度を崩さなかった。

「馬鹿を言いなさんな。お前さんの代わりなどいくらもいる」

「何だって」

「このお江戸に、絵師を目指している連中はごまんといるんだ。お前さんだってそのうちのひとりだったじゃないか。売れっ子の絵師になるのがどれほど難しいか、消えて行く駆け出しがどれほど多いか、楽に想像がつくはずだよ。そんな芽の出ない奴に限って、自分を認めない世の中に不満を持っているからねぇ。『お前さんの腕なら、浮世絵師なぞ足元にもおよばない金を稼げる』って、ちょいと吹き込めばイチコロさ。奴らは金に困っているから、ひとり残らずその気になる。昔のお前さんみたいにね」

寝耳に水の成り行きに弥ノ助はたちまち凍りつく。

「呑気なもんだ。自分ひとりでこの蓮華堂の贋作を請け負っているつもりだったのかい。金に困った旗本どもはそこらじゅうに転がっている。お前さんひとりの手に負えるはずがなかろうに」

あきれたように続けられても、言うべき言葉が見つからなかった。

「だけどおかげで合点がいった。実は三日前、番所に投げ文があってね。お前さんとあたしが贋作つくりの一味だと書いてあったんだ。知っての通り、あたしは旗本連中に顔が利く。ご大身の殿様だって贋作つくりを依頼してくるご時世だからね。すぐに押さえはしたものの、誰の仕業か気になっていたんだよ」

やっと腑に落ちたと言わんばかりの様子を見て、ひやりとしたものが背筋を這う。

そのとき、善兵衛が湯飲みを置いた。

「となると……やはりお前さんが口を滑らせたとしか思えないね」

穏やかに決め付けられて、弥ノ助は何度も首を振る。

「おれじゃない」

「だって、おかしいじゃないか。あたしの裏の顔は限られた人しか知らない。しかも切見世女郎なんかと縁のある人間はいないんだよ。どうしてその女があたしのことまで知っている」

「おれだって知るもんか」

泡を飛ばして言い張ったが、善兵衛の眼差しは鋭さを増していく。

「それじゃ納得しかねるね」

「だ、だけど本当に……」

「たとえば、こんな筋書きはどうだい。お前さんはおみねって女郎にぞっこんだった。男も女も床の中では気が緩む。お前さんは安女郎の手管に乗せられて、ついうっかり自分が贋作つくりの一味だとしゃべっちまった。一方、女にとっちゃお前さんは金蔓だ。人には言わないつもりだったが、もっと大事な情夫《いろ》ができた。さてそうなると、岡惚れ客はかえって面倒。いっそお縄になって欲しいと、女は番所に垂れ込んで情夫と一緒に逃げ出した。いかにもありそうな話じゃないか」

「冗談じゃない。おれはおみねに一言だってもらしちゃいない」

「切見世女郎にしちゃたいそうな凄腕で、泣かされた男がずいぶんいるって話だよ。お前さんも運が悪かった」

「おれは違う」

「そんなしたたかものだもの。呑気なお前さんの裏をかくなど、朝飯前だったろうよ」

「ありえねぇ!」

叫ぶような声を出すと、福々しい顔がしかめられた。

「下谷の寮とは違うんだ。大声を出されちゃ困るじゃないか。それじゃ、こいつを見てごらん」

差し出されたのは、どうやら問題の投げ文らしい。慌ててそれを広げて見て、覚えのある文字に愕然とした。

（こりゃあ、おみねの字だ……間違いねぇ）

思ったものの、無論口には出さなかった。そんなことを言ったりしたら、なおさら疑いは自分に向く。

（おれは絶対に言っちゃあいないんだ。あの女ァ、一体どこで嗅ぎつけやがった）

怒りのあまり文から目を離せずにいると、後ろから肩を叩かれた。

「安女郎にしちゃきれいな字を書くじゃないか。元の育ちはいいんだろうねぇ」

いつもと変わらぬ口ぶりがますます恐怖を助長する。

「お……おれじゃあ、ない」

「そんなに怯えなくっても、お前さんにはずいぶん稼がせてもらった。手荒な真似はしやしないよ」

ひどくやさしい声色に、向き直ってすがるような目を向ける。

「ほ、本当に……？」

弱々しく尋ねると、笑みを浮かべて頷かれた。

「もちろんさ。一瞬ですませてやるよ」

その言葉の意味を弥ノ助が理解できたかわからない。いつの間にか善兵衛は匕首《あいくち》を握っており、言葉と同時に刺されたからだ。

うめき声すらたてられず弥ノ助は息絶えた。苦悶とも驚きとも見える死に顔を、刺した男は冷ややかに見下ろす。

匕首はあえて抜かずにほうっておいた。すぐに抜いたら血が飛び散るし、自殺を装うならこのほうがいい。

幸い畳は無事だったが、着物が返り血で汚れていた。しくじったと言わんばかりに顔をゆがめ、苛立った声を張り上げる。

「誰かいないか」

「へぇ」

返事とともに襖が開き、手代がそこに控えていた。

「暗くなったら日本堤の近くにでも転がしときな。惚れた女郎に逃げられて、思いあまって命を絶つって筋書きさ。二、三日したら下谷に行って、おかつに弥ノ助が自害したと教えておやり」

「へぇ」

「それから着物が汚れちまった。着替えを頼むよ」

「承知しました」

すぐさま死体は片付けられ、ひとり残った座敷の中で男は暗い顔をした。

安女郎のひとりや二人、いつでも口は封じられる。が、信用できない人間を使い続けるわけにはいかない。

とはいうものの——腕のいい絵師は貴重である。

「……もったいないねぇ」

しみじみ呟く男の脳裏には、すでに弥ノ助の代わりとなるべきいくつかの顔が浮かんでいた。

夜《よ》明《あけ》

一

あっ、と思ったときにはもう遅かった。

駆けてきた子は保次郎《やすじろう》の足にぶつかると、そのまま腹ばいに転んでしまった。

「おっ、おい、大丈夫か。怪我はないか」

泡を食って抱き起こせば、雨上がりの道のおかげで幸い怪我はないようだが、着物が派手に汚れてしまった。己の惨状に気がついて、子供は口をへの字に曲げる。

（あぁ、こりゃまずい。泣くぞ、泣くぞ）

細い眉が下がっていき、赤みを帯びた顔がゆがむ。大の男はなす術《すべ》もなく心のうちで首を縮めた。

（この状況で泣かれた日には、こっちがとんだ悪者だが……ええ、仕方がない。なだめて家に連れて行き、一応親に頭を下げるか）

自分もぼうっとしていたけれど、むこうが勝手にぶつかったのだ。おまけに抱き起こしてやったとき、こっちの着物も汚れてしまった。まさしくとんだとばっちりで、いくら子供相手でも割に合わぬも甚だしい。

(どうして俺はこうなのか……)

まさに泣かんとする子の前で、肩を落としたとき、

「やーい、ショウタの泣虫」

「転びやがって、みっともねぇの」

降って湧いた声に慌てて視線をめぐらせば、奥の路地からひょっこりと小さな頭がのぞいている。見られていると気が付いて、子供の顔が一変した。

「へっ、へっちゃらだい」

込み上げた涙をぐっと呑み込み、仲間のほうへと駆けて行く。小さな背中を見送ってから保次郎もまた歩き出した。

これから吉原《なか》へ行く身としてはどうにも冴えない姿である。

しかし馴染みは百姓育ち、まして二世《にせ》を誓った仲だ。今更恰好《なり》は気にするまいと下駄を鳴らして先を急いだ。

それはさておき。

子供にだって誇りもあれば意地もある。思い起こせば自分だって、友の前では泣かなかった。
無理やり泣くのを我慢したしかめっ面《つら》を思い出し、保次郎はいかつい顔を緩ませた。
（小さくたって、やはり男は男だなぁ）

（案外今の世の中じゃ、あのくらいが一番男らしいかもしれん）
ふとそんな気になったのは、さっきまで実家でどうにもならない繰言《くりごと》を散々聞かされたせいだろう。

保次郎は旗本三百石倉田《くらた》家の次男に生まれたが、部屋住みの身の寄る辺なさから小見世の女郎と言い交わし、二十歳のときに刀を捨てた。もっとも世の中よくしたもので、旅籠《はたご》の主人をしている叔父が養子に迎えてくれたため、白粉《おしろい》くさい品川で女の年《ね》季が明けるのを浮気もせずに待っている。

ところがほんの数日前、絶縁された実家の兄から三年ぶりに文が届いた。一体何があったかと慌てて文に目をやれば、早い話が金の無心。なりふりかまわず哀訴され、兄の苦衷《くちゅう》が思いやられた。

昨年の大政奉還に続き、一月の鳥羽伏見《とばふしみ》での敗北。
十日前にはとうとうお城が明け渡され、二百六十余年続いた徳川政権は崩壊した。直参《じきさん》を誇った旗本は、もはや浪人同然なのだ。

——不甲斐ない兄で相すまぬ。だがこれもひとえに世の流れ、私ひとりの力ではどうにもならぬことなのだ。

叔父から借りた金を渡すと、両手をついて礼を言われた。

あとはひたすら愚痴、愚痴、愚痴。

果てることなく紡《つむ》ぎだされる不平不満の数々に、聞かされるほうがうんざりした。過ぎたことより今後のことと先の見込みをたずねてみれば、たちまち口を閉ざされる。実のない会話に嫌気が差して、長居は無用と屋敷を辞した。

帰り際、心ばかりの土産だと義姉《あね》は包みを差し出して、溜息のようにぽつりと言った。

——こんな世が来る前に刀を捨てて……保次郎殿は運がよい。

思わず漏れた本音を聞いて、なんとも不快な気分になった。

かつては「恥知らず」と罵《ののし》っておきながら、今になって「運がよい」とは。そういうそちらの心根こそ、恥を知らぬというものだろう。

そもそも太平に慣れきった旗本御家人の不甲斐なさが、今日の事態を招いたのではないか。その責めを感じもせずに被害者面《づら》とは笑止千万。

保次郎が憤慨しながら歩いていると、

「金を出せ。素直に出せば、命は取らん」

決まり文句の恫喝《どうかつ》に頭の先から血の気が引いた。

物思いにふけってしまい、日本堤に入ってからもまるで用心していなかった。

吉原客の通り道ゆえ、ここは日があっても物騒なのに。

「早く出せ」

背中に刀の切っ先をあて、男が苛立った声を出す。

心得だけは一応あるが腕に覚えはまったくなく、まして今は丸腰だ。しぶしぶ懐に手を入れれば、義姉からもらった土産の包みが指に触れた。

(かくなる上は、一か八か)

ただ奪われてなるものかと、あえて情けない声を出す。

「か、金なら渡す。た、頼むから、殺さないでくれ」

「拙者とて無益な殺生は好まぬ。さぁ」

怯《おび》えながら答えたせいか、男の殺気が少し緩んだ。その瞬間を見逃さず包みをほどいて投げつける。

「受け取れ」

「う、うわっ。な、なにっ、げほっ、ごほっ」

まったく運のいいことに土産の中身は黄粉《きなこ》だった。相手の顔に当たった瞬間、あたり一面に黄色い粉が舞い飛んだ。

(義姉上、実にいい土産を下さった)

今し方のわだかまりは消え去って、保次郎は心の底から感謝する。

追剝《おいはぎ》は、まさか目潰しを食らうとは思っていなかったのだろう。身体を折って咳き込む男をここぞとばかりに押さえ込む。

「侍のくせに追剝を働くとは。どういう面《つら》をしているか、とっくりと拝んでやるからこっちを向け」

勝ち誇って言い放ち、黄粉まみれの顔を睨んで——しばし言葉を失った。

「……お前……佐々木《ささき》、兵衛之介《ひょうえのすけ》か?」

信じられずに呟《つぶや》くと、男は開かぬ目をしょぼつかせた。

二

「いや、すまん。まさかおぬしとは思わなかったのだ。許してくれ、これこの通り」

大門内《おおもん》の蕎麦屋のすみで、顔を洗った兵衛之介が上目遣いに手を合わす。何度も頭を下げられて、保次郎は苦笑した。

(……そうだ。こいつはこういう奴だった)

子供の頃からお調子者で、こっちの注意もなんのその、甘い話に誘われていろんなことに首を突っ込む。挙句雲行きが怪しくなると、あとはひたすら平身低頭。いやいやすまんと頭を下げられ、一体どれほどごまかされたか。

毎度身勝手な調子のよさに、あきれながらもつい許してしまったものだ。

お役につけない小普請組《こぶしんぐみ》支配の同年代の旗本の子はみんな一緒に大きくなった。騒ぎを起こす友の後ろを懲りもせずについてまわった。

明るくお調子者の兵衛之介と、融通が利かず生真面目な保次郎。どうして二人がつるんでいると周囲はしきりと不思議がったが、幼馴染みに理屈はない。思えば吉原《なか》に行ったのも、こいつが行こうと誘ったからだ。

――小見世だが、なかなかいい妓《こ》が揃っているらしい。男一度は伊勢と吉原、俺が案内してやるからさ。

そんな言葉に乗せられて梅田屋《うめだや》の二階に上がったことが、思えばすべてのはじまりだった。

そこでしの梅ことおしのと出会い、とうとう武士を捨ててしまった。

――女郎にそこまで惚れるとは……おぬしらしくない、いや、らしいのか。

友をよく知るお調子者は、その成り行きに首をひねった。それからまもなく兵衛之介の兄が他界。代わって家督を継いでからは自然と疎遠になっていた。

黙って思い出に浸っていると、今も変わらず勝手な男は、話はすんだと思ったらしい。頼んだ蕎麦がきたとたん、断りもなく食い始める。

その勢いのすさまじさに保次郎は目を瞠《みは》ったが、だんだん腹が立ってきて厳しい顔で文句を言った。

「おい、今度ばかりは悪ふざけですまんだろう。禄が滞り困っているのは承知だが、追剥をするとは何事だ。さきほどの様子からして慣れているとは思えんが、未遂ですんだが幸い、二度と出来心は起こすなよ」

ところが、食うのに夢中な幼馴染みは返事をしない。

「聞いているのか」

保次郎が声を強めると、やっとのことで顔を上げた。

「いや、馳走になった」

「兵衛之介！」

「そうムキになるな。こっちは五日ぶりにまともなものを食ったのだ。空腹も過ぎると慣れてはくるが、目が回るのは困りものだ」

あっけらかんと悲惨な暮らしを白状されて、うっかり毒気を抜かれてしまう。

「……これも食うか」

「よいのか。いやありがたい」

子供のように喜んで箸をつける姿は昔とちっとも変わらない。やり切れない思いで見つめていたら、やがて男が箸を置いた。

「あいかわらず……おぬしは人がいいな。盗人に追い銭というのは聞くが、盗人に蕎麦はめずらしかろう」

「仕方あるまい。竹馬《ちくば》の友だ」

あきらめたように呟くと、深々と頭を下げられた。

「かたじけない」

「……もうやるなよ」

じっと目を見て念を押せば、気まずそうにそっぽを向かれる。

「ならば金を貸してくれるか。ちなみに返す当てなどないぞ」

「兵衛之介っ」

すぐにとがった声を上げたが、相手の態度は変わらなかった。

「仕方がなかろう。こういう時世だ」

「それでも人から奪っていいはずがない」

一層語気を強めれば、はじめて兵衛之介が真顔になった。

「ならばどうやって金を得る。俺には老いた母がいる。もしも天涯孤独の身なら、彰義隊《しょうぎたい》に参加して死に花を咲かせてみるのもよい。だが俺は、家を守らねばならんのだ。もはや手段を選んでおれん」

「だ、だが、旗本が追剝をした金で米を買うのか。もし母上がそのことを知れば、きっとお悲しみになるだろう」

開き直った物言いに思わず気圧《けお》されそうになる。詰まりながらも言い返せば、鼻の先で嗤《わら》われた。

「だからおぬしは人がいいというのよ。母とて薄々承知しておる。食うに困った旗本たちは、誰しも似たようなことをしておるわ」

悪びれもせず言い切る男にさっきまでの殊勝さはない。保次郎の知る幼馴染み、明るくお調子者の佐々木兵衛之介とは別人のようだ。

そのあまりの変化に呆然としていると、男がぽつりと呟いた。

「運のいいおぬしにはわからぬ」

「俺のどこが運がいい」

「いいではないか。主家の滅亡に付き合わなくてすんだのだから」

決め付けるような口調には非難めいた響きがあった。さすがに腹に据えかねて、気色ばんで言い返す。

「そう思うなら町人になれ。刀を捨てて働いてみろ。追剝なんぞを働くよりも、よほどまっとうな生き方だぞ」

兄といいこの男といい、旗本《じぶん》ばかりが貧乏くじだと思っている。何を甘えているのだと、保次郎は言いたかった。

「今更そういうわけにはいかぬ」

「何がいかぬ。所詮おぬしらは、額に汗して働くことができぬのよ。無役《むやく》の小普請組支配でありながら、旗本というだけで当然のように禄をもらい、百姓や町人よりも偉いと思い込んでおる。いいか、もはや養ってくれるご公儀はないのだ。生きるために金がいるなら、町方の者と同じように働くしかないではないか」

面と向かって言い切れば、兵衛之介の顔がゆがむ。

「そんなことはわかっておる。だが、倉田家同様、佐々木の家も三河以来の家柄だ。先祖代々徳川家直参であることを誇りとし、家を守ることを第一に生きてきた。俺が刀を捨ててしまえば、代々続いた家が滅びる。家督を継いだ者として、それだけは断じてできん。己のことしか考えぬ身軽なおぬしにはわかるまい」

苦々しげに吐き捨てられて、保次郎ははっとした。

言われてみれば、確かにそうだ。家督を継げない自分は不幸と心のどこかで思っていたが、家を継いだら責任もある。当主の苦労というものは、なった者しかわからぬのだろう。

しかし――だからといって、追剥が許されるとも思わない。

第一兵衛之介の腕前では、襲った相手に反撃されて返り討ちにあいかねない。そんなことになってしまえば、代々続いた大事な家を最悪の形で潰してしまう。

「……ならば俺が叔父上に頼んでみよう。大したことはできないが、当座の掛かりくらいなら」

致し方なく提案すると、兵衛之介が泣き笑いのような顔になった。

「つくづく、おぬしはお人よしだな。よせ、よせ。倉田の家にもだいぶ都合しているんだろう。いくら実の叔父上とはいえ、いい加減にしておかないと、養子先から追い出されるぞ」

「しかし」

「心配するな。なに、さっきは腹が減って少々気が変になっていたのよ。でなければ、追剥なんぞ働かぬ」

「だが、他に金を得る道はないと」

「それは、その……おぬしがしたり顔で説教などしくさるから、つい口が滑っただけだ。誓って言うが、あんな真似をしたのは今日がはじめてだぞ」

「本当か」

「本当だとも。慣れていれば、おぬしなんぞを狙いはせん」

自信満々で言い切られ、保次郎は失笑した。

「確かに」

「いきなり黄粉で目潰しだぞ。つくづく向かんと悟ったわ」

軽くなった口ぶりにいささかほっとするものの、悩みが消えたわけではなかった。

「それで、今後はどうするのだ」

「どうにか母を説得して、自慢の着物を質に入れてもらうさ。いずれ嫁に着せるのだと、長持ちの中に仕舞いこんでおる。そいつを全部手放せば、ここしばらくはもつはずだ」

「そうか」

「だいたいこんな有様で嫁などもらえるはずもない。母上にはお気の毒だが、これも時勢とあきらめていただこう」

吹っ切れたように語る相手の心のうちを思いやり、保次郎はやるせない気分になってしまった。

告げられた言葉を鵜呑みにするほど、世間を知らぬわけでない。さりとてせっかくの気遣いに乗らぬわけにもいかなかった。

兵衛之介が言うとおり、金を貸しても返ってくる見込みはない。そんなことが度重なれば、いくら甥でも所詮は養子。いずれ見限られ、追い出されるだろう。

(役に立てず、すまん)

心の中で詫びながら、話題を変えることにした。

「そういえばここへ来る途中、小さな子にぶつかられてな」

「なんだ、巾着切《す》り《り》か」

「馬鹿を言え。まだ五つ六つの子供だぞ。その子がはずみで転んでしまい、着物を泥だらけにしてしまったのだ」

「ふん、おぬしの小さいときにそっくりだ」

揚げ足を取る幼馴染みに年甲斐もなくムキになる。

「何をいうか。転んでばかりいたのはそそっかしいおぬしのほうだ。俺は転んで着物を汚したりしておらんぞ」

「ウソを言うな。俺はすばしっこいからさっと避《よ》けるが、ぼうっとしているおぬしはあっちこっちでぶつかって、こぶをこさえていたではないか」

「そういうおぬしは慌てて避けようとした挙句、いろんなものにけつまずき、結局転んではかりおった。しかも勝手に転んだくせに、俺が邪魔をしたからだと言いがかりまでつけおって」

「それは聞き捨てならん」

「やるか」

一瞬互いに睨み合ったが、すぐに揃って噴き出した。

気まずいはずの再会なのに、話せばすぐに元通りになる。これが友というものだと保次郎は思った。

「俺は、今日会った子が転んで泣きそうになったものの、友の手前、既《すん》でのところで我慢したと言いたかったのだ。町方の子もなかなかどうして見上げたものだぞ」

笑いながら付け足すと、兵衛之介が頷いた。

「言われてみれば、おぬしはめったに泣かなかったな」

今度は素直に同意され、調子に乗って胸を張る。

「思い出したか」

「ああ。昔、子供の背丈ほどもある大きな犬に出くわしたことがあっただろう。俺たちが十歳くらいのときだ」

過去を共有する者同士、発せられた一言ですぐに記憶が甦《よみがえ》る。

「あった、あった。入江《いりえ》家の順之助《じゅんのすけ》とはじめて出会ったときだろう。幼い順之助が犬の前で震えておるのに、おぬしはすっかり怖気《おじけ》づいて。俺がひとりで追い払ったんだ」

得意になって語るうち、脳裏に情景が浮かんでくる。

夕焼け空の帰り道、近くに大人はいなかった。できることなら逃げたかったが、友への意地でなんとかその場に踏みとどまった。

犬の面《つら》に石を投げつけ、あとはひたすら無我夢中。奇声を上げつつ棒を振るってどうにか犬を追いやった。

ところが危険が去ったとたん、幼い順之助ばかりか兵衛之介まで泣き出したのだ。

「二人一緒に泣かれてしまい、俺はずいぶん往生したぞ」

今更ながら文句を言うと、友の眉がぴくりと動く。

「おぬしこそ頭に血が昇り、俺たちが泣き出すまで犬が逃げたことにも気付かなんだくせに。おまけに入江家の若様を助けた手柄を独り占めして。おかげで俺は、母からずいぶん責められたぞ」

「そういう文句は順之助に言え。あやつが俺に助けられたと言ったのだから」

筋違いの恨みに反論すると、兵衛之介は押し黙った。

そのとき助けた幼子《おさなご》は同じ旗本でも五千石の御大身《ごたいしん》、入江家の若様だったのだ。後日、「子供ながらもさすがは武士」と過分なおほめを頂戴し、仲間内でもずいぶん面目を施した。

何より助けられた若様がすっかり保次郎になついてしまった。身分違いもなんのその、屋敷を勝手に抜け出しては倉田家へとやって来る。

挙句「順之助は保次郎殿のようになりたいのです」と訴えられれば、もはや周囲が折れざるを得ない。それから家を出るまでの間、兄弟同様に親しく付き合っていたのである。

子供の頃の保次郎は年より身体が大きく、力も強いほうだった。

だが、十四を境に背丈の伸びが止まってしまい、力も強いと言えなくなった。また十二から道場や学問所に通ったが、どちらも筋がよくないと見え、努力のわりには上達しない。なまじ一度周囲の注目を浴びたがゆえに、自分が惨めでたまらなかった。鬱々とした気分を抱え、兵衛之介に誘われるまま悪所通いを始めたのは十八のとき。

廓《くるわ》の作法も遊びも知らず、酒を飲んでは愚痴をこぼす。しかも払いはしみったれ、若いが面はぱっとしない。

そんなろくでもない客を親身になって世話してくれたのがおしのだった。

――お侍様は、いろいろ大変でおざんすねぇ。

くだらぬ愚痴に付き合いながら、気の毒そうに背をなでられた。そのやさしさに慰められても、最初《はな》は（女郎の手管に過ぎぬ）と用心していたものだ。

親に売られたそっちのほうがよほどつらいに決まっている。大の男がみっともないと本音はあきれているのだろう。

下らぬ邪推をしていたはずが、一体いつから変わったものか。

こちらの話を一々真に受け、心配そうな顔をする。戯《たわむ》れに字を教えてやれば、目を丸くして感心する。心やさしい女のそばから次第に離れられなくなった。

そんなとき、順之助がひとりで訪ねてきたのである。

――女に溺れ武士たる本分を見失うなど、保次郎殿らしゅうもない。一刻も早く目を覚ましてください。

非難と信頼のこもった言葉に何も言い返せなかった。

出会ったときの印象のせいか、育ちのよい少年は年上の友を買いかぶっていた。今にして思えば、その思いに応えたい一心でずいぶん無理もしたと思う。

しかし、どれほど努力をしても、人には持って生まれた分というものがある。いずれ過ぎた期待を裏切ってしまうと悟ったときから、寄せられる尊敬が重荷となった。

（俺は、そなたが思うほど立派な男ではない）

心ひそかに言い訳するうち、そばにいるのが苦痛になった。

一方、いやしい育ちの女は保次郎を追い詰めない。どれほど醜態をさらそうと、かわいそうにとなだめてくれる。

（このままでは、俺は生涯半人前の部屋住みだ。順之助に見下されていつか袂を分かつなら、いっそ早いほうがいい）

とはいえ、かくも意気地のないことをどうして口にできるだろう。気まずい思いで過ごすうち、むこうに愛想を尽かされた。

――色を売る女のために、武士を捨てるなんて。私は保次郎殿を見損ないました！

怒りで顔を真っ赤に染めた切れ長の目を思い出す。

確か五歳年下だから、となれば今は十八か。

美貌で知られた母君に似て、男にしておくのがもったいないほどの美形だった。それに三男だったから、どこかの姫に見初められ婚約くらいしたかもしれない。

なんだか急に懐かしくなり、「順之助はどうしている」と尋ねると、

「あやつなら、彰義隊に入ったはずだ」

「何だって」

予期せぬ言葉に驚いて、思わず声が大きくなる。

彰義隊といえば、官軍にもっとも睨まれている連中のはず。食い詰めてやけになった旗本

の子弟ならいざ知らず、五千石の入江家ならばそんなことはありえない。

「馬鹿なことを。あいつはまだ二十歳前だぞ」

「おぬし、彰義隊士を見たことがないのか。あそこにおるのは十五、六からせいぜい二十歳の奴ばかりだ。若い者ほど血気盛んで主戦論者が多いからな。何が何でも一戦やらねばおさまるまいよ」

淡々と事態を説明されて、保次郎は顔色を変えた。

「ならば、どうして止めてやらぬ」

「止めるも何も。子供の頃ならいざ知らず、五千石の若様に三百石のこの俺が今更とやかく言えるものか。だいたいそうと知ったのは、隊服を着て歩いているのを見かけたからだ。文句があるのなら、俺ではなく順之助に言え」

言った台詞を返されて、ますます腹が立ってくる。

「この薄情者っ」

「なに、薄情なものか。それに見方を変えれば、立派な生き方ではないか。長く高禄を食《は》んできた家の者として、武門の意地を示そうというのだぞ。順之助は三男だから、たとえ命を落としたところで家が途絶える気遣いもないのだしな」

妙に真面目な顔で告げられ、一瞬言葉を失う。その束の間を見逃さず、幼馴染みは席を立った。

「おぬしには……もうわからぬか」

最後に小さく微笑んで、兵衛之介は出て行った。

三

散々思い悩んだ挙句、保次郎は二十日も過ぎてから上野に向かった。

叔父の手前続けて仕事を休めぬという事情もあったが、それ以上に迷いがあった。脱隊しろと言ったところで、あの順之助が素直に聞くとは思えない。上野にのこのこ出かけて行って、彰義隊士に関わりありと思われるのも嫌だった。加えて、兵衛之介に言われた言葉も少なからず気になっていた。

武士として、戦わずに終われるかという気持ちはわからぬでもない。でもないが、上様御《おん》自ら恭順を決め、すでに水戸へと下られたのだ。

したがって、上野にこもっている連中は主命に逆らう不忠の臣。一方、官軍からも逆賊とみなされ、まるで立つ瀬がないのである。

それでも——知ったことかと切り捨てるには、記憶の中の面影が幼すぎたし鮮明すぎた。

苦労知らずのきれいな顔がこのままでは血に染まる。その光景が思い浮かんで、どうにも尻が落ち着かない。

あの日、兵衛之介と別れたあとも梅田屋には行かなかった。三年前のあの顔が「薄情者」と責め立てるのだ。

（せめて一度、一度だけ引き止めてみよう）

自分自身に言い聞かせ、雨が止んだのを口実に重たい腰をようやく上げた。

保次郎のいる品川から上野まではずいぶん遠い。当然吉原《なか》も遠いわけだが、向かう足取りの軽さが違う。

結局二刻（四時間）近くもかかって上野山下に辿り着き、黒門の前で足を止めた。

「何用だ」

たちまち数人の隊士が険しい顔で飛び出して来る。全員十代と思しき少年で、その若さを痛々しく思いながら頭を下げた。

「はい、私は品川に住む保次郎と申すもので、こちらにいる入江順之助様にお会いしたくて参りました」

「入江の知り合いか」

「はい」

そう言って再び頭を下げる保次郎は、今日も町人髷に丸腰である。少年たちはしばらくじろじろと見つめていたが、うちひとりが「よかろう」と声を上げた。

「その者なら存じておる。ついて参れ」

言うなり背を向け歩き出され、慌てて後からついていく。

東叡山寛永寺《とうえいざんかんえいじ》は将軍家菩提所《ぼだいしょ》として広大な敷地があり、三十六坊を有する。そのうちのひとつ、涼泉院《りょうせんいん》に案内された。

そこは詰所であるらしく数人の隊士が座っている。中でも一際目を引く美少年が、こちらに気付いて立ち上がる。

「入江氏、面会人だ」

「……保次郎殿」

ぼんやり呟《つぶや》く少年は、記憶の中の面影よりもだいぶ背丈が伸びていた。とはいえ軍装に鉢巻姿が似合っているとは言いかねる。

「お話がございます」

それだけ言って口を閉ざせば、言いたいことを察したらしい。無言で坊を出て、木立のほうに歩き出す。

「何の用ですか」

人気のないところへ来たとたん、憮然とした表情で順之助が振り返った。

「もはや察しはおつきでしょう」

「つかないから聞いている」

「では、はっきり申し上げます。今すぐ脱隊してください」

単刀直入に切り出すと、切れ長の目がつり上がった。

「町人ごときに指図を受ける覚えはない」

「指図ではない。おぬしのためを思えばこそ」

「余計な世話だ」

「順之助」

「町人風情が呼び捨てにするなっ」

昔のように名前を呼べば、鋭い言葉の鞭《むち》が飛ぶ。

その言い草にカッとなったが、怒ってみても始まらない。町方暮らしの忍耐力で一段下がって話を続ける。

「入江様、江戸城はすでに明け渡され、上様も水戸に下られました。今更彰義隊だけが官軍と戦ってどうなるのです」

「これは徳川武士としての誇りの一戦。勝敗や意味など二の次だ」

「戦《いくさ》になれば、兵だけの問題ではありません。江戸の町人たちも迷惑します」

「長年徳川家のご恩をこうむってきた人たちだ。多少の被害は耐えてもらわねばならぬ」

「この戦いは十中八九負ける。あたら若い命を捨てることはあるまい」

「私の命だ。あなたには関係ない」

どこまでも平行線のやりとりに、保次郎はつい溜息を漏らす。すると順之助が怒ったような顔で睨みつけてきた。

「私はずっと、己が旗本の家に生まれたことを誇りに思っていた。いざというときは、身命を賭して幕府のために働くのだと。父上や兄上もそうおっしゃっておられたのに、徳川家が危ないと見るや、真っ先に江戸から出て行った。代々大番頭《おおばんがしら》を務めながら、大事のときにろくな働きもせず、主家を見捨てて領地に逃げるとは。しかも私が彰義隊に入隊すると、縁を切るとまで言われたのだ。もはや入江の家になんの未練も義理も感じぬ。名もなき一幕臣として、最後まで戦うのみ」

少年らしい真っ直ぐな怒りに、こちらのほうがたじたじとなる。それでもなんとか次の言葉を言おうとしたが、むこうのほうが早かった。

「それに、あなたの言うことは一切聞かぬと決めている」

「なに」

「あなたが刀を捨て女郎を娶《めと》ると言ったとき、私は強く反対した。それでもあなたは自分の思いを通したはず。だから――あなたの言うことは聞きません」

続けられた言葉を聞いてようやく意図を理解する。その子供っぽい屁理屈に、保次郎は唖然とした。

「馬鹿なことを」

たまらずこぼれた一言を聞き、少年の眉が逆立った。

「馬鹿とは何だ。私だってあなたのことを思えばこそ、あのとき反対したものを。意地も誇りもない奴はさっさとお山から出て行け！」

言うなり走って行ってしまい、木立にひとり取り残された。

（俺が言うことを聞かぬから、自分だって聞かぬだと？　馬鹿馬鹿しいにもほどがある。それとこれとは話がまったく違うだろうに。だったら俺が残れといえば、脱隊するとでも言うつもりか）

言われたことを反芻するうち、だんだん腹が立ってきた。

考えてみれば、以前も一方的に絶縁されたのだ。それから三年、昔のよしみで心配をして来てみれば、またもやこの仕打ちである。

（そんなに死にたくば、死ねばいい。俺はちゃんと忠告をした。それを聞かずに犬死するの

はおぬしの勝手だ）

泣き出しそうな空の下、保次郎はイライラと歩き出す。

そりゃあ、順之助の言い分もわからぬではない。先祖の殊勲を言い立ててきた親や兄が早々に主家を見限ったのだ。せめて自分くらいはと、思い込んでしまったのだろう。

（だが、だからといって……。あぁ、まったくむしゃくしゃする。そうだ、今日こそ吉原《なか》に寄って、おしのの顔を見て行こう）

このまま品川に帰れるかと腹立ちまぎれに歩くうち、とうとう雨が降り出した。

今年の梅雨は長雨で三日と晴れが続かない。おかげで下がぬかるんでいて、軒下を目指して急ごうにも下駄がすべって走れない。

（えぇ、いめぇましい）

まったく踏んだり蹴ったりだと肩を落として歩いていたら、

「保次郎殿」

呼び止められて振り向けば、傘を差した順之助が泥を撥《は》ね上げ近寄ってくる。

「これを使ってください」

「けっこうだ」

意地を張ってそっぽを向いても、傘の柄を突きつけられた。

された。

「いいから使ってください」

その勢いに気圧されて思わず礼を口にする。すると一瞬笑みを見せたが、すぐに踵《きびす》を返
「お元気で」

「お、おいっ、順之助」

去り際の声は小さくて、強い雨音にまぎれてしまう。その一言が気になって、細い背中が見えなくなっても保次郎は動けなかった。

どうしてこんなことになったのだろう。

兵衛之介も順之助も、根っこはまるで変わっていない。

にもかかわらず、ひとりは追剝を働くまでに追い詰められ、ひとりは無意味な戦いで命を散らそうとしている。

(俺はこのまま見ているだけか)

気がつけば、強くこぶしを握っていた。

すでに刀を捨てたとはいえ、彼らは大事な友なのだ。町人だろうと、侍だろうと、友の危難を見過ごすことは、男にとって恥ではないか。

さりとて、自分に何ができる。

せいぜい叔父に頭を下げて金を都合する程度。それでは順之助はもちろん、兵衛之介さえ救えない。

(俺は……)

降り続く雨の中、苛立つ思いを胸に抱えてぬかるむ道を歩き出す。

空は黒雲に覆われて、夜のように暗かった。

四

「いよいよ始まるらしいねぇ」

「あたしらぁ、こねぇなところで大丈夫かえ」

「浅草の仲見世あたりは、もぬけの殻っていうからねぇ」

「どうでもいいさね。長居をしたい世でもなし」

「あんたはそうでも、わっちゃあ流れ弾で死にたかねぇ」

「なんだい、情夫《いろ》にするなら彰義隊だと、あねぇに騒いでいたくせに」

「それとこれとは話が別さ」

慶応四年（一八六八）五月十四日、吉原内の妓楼ではしきりとこんな会話が交わされていた。

いよいよ明日、解散令に従わない彰義隊を官軍が攻撃するという。

十五日決戦の噂は数日前から流れており、戦場となる上野山下、谷中《やなか》あたりの住人は荷物をまとめて逃げたらしい。

「このお江戸で、まさか戦に出くわすたぁ思わなかった」

「薩長の連中は洋銃を使うそうじゃないか。侍なら侍らしく、腰のもんで戦えってんだ」

「芋侍のお腰のものは、男相手じゃ役に立たないらしい」

「床の中でもすぐに弾切れするからねぇ」

所詮悲しい籠の鳥、逃げ場のない女たちはすっかり開き直っていた。

ぜひ彰義隊に勝って欲しい。

こんな近所で傍《はた》迷惑。

飛び交う言葉はさまざまだったが、近寄って来る戦の気配になにがしかの興奮も混ざっていた。

世の中先が見えなくなると、男はより一層女を抱きたくなるものらしい。

もっとも金はたいしてないし、遊びの作法も不案内。大見世などは敬遠されて、安い小見世が繁盛する。

しの梅ことおしのが勤める梅田屋も、安さが売りの小見世である。おかげで年増のおしのでもお茶を挽かずにすんでいた。

「そういや、しの梅さん。あんたのいい人、近頃すっかりお見限りじゃないか。ほかに女でもできたんじゃないのかい」

突然我が身の話を振られ、慌てたおしのは詰まりながらも言い返す。

「そ、そんなことはないよ。夜歩きは物騒だから来なくていいと、あたしのほうから言ったんだから」

「おや、言ってくれるよ」

「保次郎さんは品川だろ。近所の宿女郎とよろしくやってんじゃないかえ」

「あの人に限って、そねぇなことはありんせん」

「はは ぁ、ムキになった。冗談だよ。あのご面相じゃ、そうそう女郎《おんな》にゃもてやしないさ」

「あねぇなお人にぞっこんまいるのは、おまはんくらいなもんだろうよ」

若い妓《こ》たちの遠慮のないからかいに、さすがのおしのもムッとなった。中のひとりがそれと察して、とりなし顔で口を開く。

「でも多少面がまずかろうと、女郎と一緒になるために刀を捨てようって心意気がにくいじゃないか」

「本当にしの梅さんは運がいいよ。いずれは旅籠の女将《おかみ》さんだ」

面白半分、やっかみ半分、ひやかす声を聞きながら（確かに自分は運がいい）と、おしのは今更ながら思った。

貧乏人の子沢山、貧しい家を助けるために十五のときに女郎に売られた。

水揚げ客は脂ぎったどこぞの番頭、慣れぬ女郎が泣き喚くのをさんざ面白がっていた。そのうち涙も涸れ果てて自分の立場がわかってくると、嫌でも将来《さき》が見えてくる。

病気に妊娠、刃傷沙汰……女郎の毎日は命の危険と隣り合わせだ。百姓育ちで丈夫とはいえ、姐さんたちを見ていても勤め上げるのはごくわずか。二十七を待たずして、あっという間にこの世を去る。

だから勤めを始めた頃は、無事にここから出られるなんて夢にも思っていなかった。それに年季が明けたところで、そこから先がまた大変だ。

妾になれればまだ上等、結局色を売るしかできず、酌婦だったり飯盛りだったり。落ち着く先を得られないまま、ひたすらどこかに流れて行くだけ。

そう思っていたら……保次郎に会った。

（本当に、あんなお人は二人といないよ。大事にしなくちゃバチが当たる）

心の底から、おしのはそう思っていた。

部屋住みとはいえ旗本の端くれだ。小見世の女郎など物の数ではなかろうに、字が書けないと打ち明けると、馬鹿にしないで教えてくれた。

――いずれ年季が明けたとき、字が書けたほうがよいだろう。それに女郎は惚れた男に文を出すそうではないか。

いろはを順に教えつつ、真顔でそんなことを言う。「それじゃ書けるようになったら、ぬしに文を送りんす」と答えたら、慌てて首を横に振られた。

――いや、いい。気持ちはありがたいが、女郎《おんな》の文など屋敷に来たら、義姉上から何を言われるか。そんな金があるのなら、少しは寄越せと詰め寄られるに決まっている。

本気で恐れている様子にこらえきれずに笑ってしまった。叱られるかと思ったのに、相手もおかしそうに笑っている。次第に互いに惚れあって、身揚がり（女郎が揚げ代を負担すること）だって厭《いと》わずに男が来るのを待っていた。

家督を継げない貧乏人で、ご面相もぱっとしない。あんな男のどこがいいと、まわりの女郎は小馬鹿にしたが、おしのはちっともかまわなかった。

怒ったように黙り込んでも、耳朶《じだ》が赤ければ照れているだけ。つらい話を聞かせると、口がだんだん一文字になる。何より笑顔で語りかけると、やさしい目をして笑ってくれる。

女郎ごときと見下さず、真面目に話を聞いてくれた。決して威張らず偏らず、ちゃんと目を見て話してくれた。

だからこそ「年季が明けたら一緒になろう」と言われたときはうれしかった。どうせ無理だと思っていたが、請われるままに誓紙を書いた。

それから数ヶ月後、「叔父の養子になったから、お前はいずれ旅籠の女将だ」と面と向かって告げられて。

おしのは、泣いた。

生まれてはじめて、うれしくって涙が出た。

幼いときから弟妹たちの世話に明け暮れ、自分のことは後回し。十人並みの目鼻立ちゆえ、女郎になっても今ひとつ。百姓育ちは色気がないと、贔屓《ひいき》の客もたいしていない。当然櫛だ、簪《かんざし》だと、貢いでもらったこともない。

このまま何もいいことがなく黙って死んで行くのだと、とうの昔にあきらめたのに。

こんな自分に字を教え、惚れてくれる男がいた。

その上、嫁にもらってくれる。

しかも刀を捨ててまで。

——これからは、おしのと呼ぶから。

照れくさそうに続けられ、ますます涙があふれ出た。

江戸にどれほど人がいようと、「おしの」と呼ぶのはひとりきりだ。たとえこの先何があろうと、放すものかと心に決めた。

以来、三年。

世間はずいぶん騒がしかったが、おしのにとってはどうでもよかった。

惚れた男は今では町人。徳川の世がどうなろうとも、もはや関係ないのである。

吉原もとかく物騒になったが、梅田屋で騒動が起こることはなかった。

女将がいつも目を光らせて女郎に客を振らせない。おかげで余計な恨みを買わず、刃傷沙汰とは無縁だった。

いつの時代も争いは「振った、振られた」で起きやすい。薩長兵を嫌う女郎は女将の態度に憤慨したが、おしのは別に気にしなかった。

惚れた男でない限り、どいつもこいつも同じこと。とにかく早く月日が過ぎろと心の中で念じていた。

ところが年季明け間近の今になって、男の様子がおかしくなった。

この前なんて土砂降りの中をやって来たのに、話もしなけりゃ抱きもしない。暗い顔でうつむいてひたすら酒を飲むばかり。

――せっかくの逢瀬だってぇのに、あんまりつれないじゃござんせんか。

我慢できずに訴えると、さすがに悪いと思ったらしい。重い口から語られたのは、幼馴染みの少年が上野にいるという話。

――あいつは代々の恩に報いるため、自らが犠牲になるつもりなのだ。しかし、そんなことをして何になる。まだこれからの若者を、どうしてみんなほうっておく。

思いつめた眼差しにうなじの産毛が逆立った。

(この人は今、厄介なことに首を突っ込もうとしている)

確信めいた直感に、おしのの心が悲鳴を上げた。

ようやく今年で二十七、暮れにはやっと年季が明ける。指折り数えて待った日がすぐ目の前に迫っているのに。もしも男に何かあったら、救いの糸が切れてしまう。

そんなことはさせないと怯えを隠して甘えて見せた。

――それはまた、お武家は大変でござんすねぇ。ぬしは刀をお捨てになって、ほんに幸いでありんした。

と、気を引くように言ったとたん、

――何もわかっておらぬくせに、知った風な口を利くな。

出会って初めて、頭ごなしに怒鳴られた。

ほどなく男は帰ってしまい、以来見世には来ていない。何度か文を送ったが、忙しいのか梨のつぶてだ。

この有様を女郎《みんな》が知れば、口を揃えて言うだろう。

幼馴染みは単なる口実、別の女に入れあげてここには来ないに決まっていると。

しかし、おしのは保次郎を信じていた。

世間のことは知らなくたって、惚れた男のことならわかる。根っから真面目なあの人のこと、他に心を移したのなら、いっそ素直に打ち明けるはず。

見世にも寄らず、文も寄越さず、一体何をしているものか……。

(きっと旅籠《しごと》が忙しいんだ。あの人は町人なんだもの。穀《ごく》つぶしの侍と違って、そうそう出歩けないんだよ)

嫌な予感を打ち消すように自分で自分を慰めながら、なんとか日々を過ごしていた。

「あれ、そういやぁ梅さとさんは」

ふと気がついて尋ねると、訳知りの仲間が口を開いた。

「あの妓《こ》は九郎助稲荷《くろすけいなり》だよ。若い隊士に熱を上げていたからね。いざ決戦と噂を聞いて、必勝祈願でもしてるんだろう」

「けどねぇ、上方《かみがた》でだって負けてんだ。勝ち目はないと思うがねぇ」

「馬鹿ぁ言っちゃいけないよ。決戦場所はありがたくも上野のお山だ。ご神君さまのご加護があらぁね」

「それを言うなら日光だろう」

「似たようなもんさ」

「仮にもお膝元だもの。あっさり負けたりしないだろうよ」

明日決戦だと言われても現実味には程遠い。

それでも噂を聞くうちに、正体不明の黒雲がどんどん心に広がって行く。

大丈夫、あの人は品川にいるんだから。

あたしなんかより、よっぽど上野から遠いところにいるんだから。

もう、武士ではないんだから。

何度も胸の中で繰り返し、おしのは強く唇を嚙んだ。

そして、明くる十五日。

客を送った女郎たちが、二度寝をしようと床に戻った六ツ半（午前七時）頃。

ダッ、ダッ、ダッ、ダァーンッ！

聞き慣れない激しい音が、西のほうで炸裂した。

「こりゃ、ひょっとして……」

「銃声だ。始まったんだよ」

「ひぇー、くわばら、くわばら」

ある者は布団を頭から被り、ある者は荷物をまとめだす。中には厠《かわや》に立てこもろうとする者もいて、たちまち大騒ぎになった。

「ちょっと、音が近づいてきてないかい」

「誰か表で様子を見といで」

「嫌だよ。流れ弾が飛んできたらどうすんだいっ」

訳もわからず騒いでいるうちに、
ドドォーン！　ドドォーン！

何度か腹に響くような大きな砲声が聞こえ、女たちは飛び上がる。

「こりゃ、今までのたぁ様子が違うよ」

「一体どっちが勝ってんだろう」

「どっちでもいいよ。頼むから早く終わっとくれ」

最後はやはり神頼みだと、西に向かって手を合わせる始末。

そんな思いが通じたものか、七ツ（午後四時）前には静かになった。

「……終わったかね？」

「あっ、また銃声が」

「けど、たまに聞こえるだけだもの。勝負はついたんじゃないのかい」

「屋根に上ればわかるだろう」

「ひどい雨が降ってるよ」

「誰かが見物しているさ。若い衆に聞いてみな」

物見高いは江戸っ子の常。昼をまわった八ツ（午後二時）辺りから、火事場ならぬ戦場《いくさば》泥棒に出かけた者もいたらしい。

身振り手振りを交えつつまくし立てたところによると、上野のお山はあちこち火の手が上がり、彰義隊士の亡骸《なきがら》が方々に転がっているそうだ。

すなわち、官軍大勝利。

「なんだい、ずいぶんあっけないじゃないか」

「こりゃあ、夜見世はやるんだろうねぇ」

「けど、客が来るのかい」

「薩長の奴らが来るだろうよ」

「もうちょいと長引いてくれりゃ、こっちも楽ができるのにさぁ」

もう終わったと思ったとたん、減らず口がこぼれ落ちる。もっともそうでなかったら、今の世の中身が持たない。

おしのも金の入った巾着を抱え、布団部屋から這い出した。しかし、他の仲間と違い、まだまだ安堵はできなかった。

（まさか……まさかとは思うけど……さっきの戦に参加していたってぇことはないだろうね）

彰義隊士になった友をあれほど気にしていたのである。保次郎の無事な姿をこの目で見ないと落ち着けない。

とにかく無事を確かめようと、慌てて筆を取ったとき、

「ちょいと、しの梅さん。水も滴るいい男のご入来《にゅうらい》だよ」

声をかけられ振り向けば、惚れた男がずぶ濡れで立っていた。

五

「無事でよかった。心配していたんだよ」

不安がたちまち消え去って、人の目もはばからずいとしい男にしがみつく。すると目の前の耳朶が赤く染まった。

「おい、よさんか」

「いいじゃないか。ぬしの様子が変だったから、わっちはもう心配で、心配で。さっきのお山の戦争に巻き込まれたらどうしようってそればっかり。馬鹿だよねぇ。ぬしはもう侍じゃないんだもの。徳川だろうが薩長だろうが関係ないっていうのにさ」

急《せ》き込んで訴える間に、気を利かせた女郎たちが座敷から出て行ってくれた。それを横目で確認すると、男は表情を引き締める。

「おしの、よく聞いてくれ」

「なんだえ」

「俺は確かに刀を捨てた。だが、長年徳川の禄を食《は》んできた者に変わりはない」

「そりゃ、そうかもしれないけど、この戦は意味が無いっておっせぇした」

「確かに、そう言った。だが、やらずにはいられなかった者の気持ちもわかるのだ」

「…………」

「先祖代々刀にかけてご奉公してきたはずなのに。大身旗本は真っ先に江戸を捨て、年かさの者たちは保身に走るばかり。信じていた大人たちの無様な姿を見せつけられて、若い連中が憤慨するのも無理はない」

言い聞かせるような口ぶりに、嫌な予感が強くなる。

「ぬしさん……」

「俺の友も、さきほどまで上野にいた。せめて一太刀と思えども、雨あられと銃撃されて、敵に近寄ることさえままならぬ。そうこうするうち肩を撃たれ、逃げ惑っているところを俺が見つけた」

「そのお人が助かったんなら、それでいいじゃありんせんか」

「命を惜しむくらいなら、あやつは上野に行きはせん。馳せ参じた連中は幕臣として立派に死ねる場所を探しておったのだ。ところがいざ戦ってみれば、新式銃や大砲の前になす術《すべ》もなく身を伏せるのみ。このままでは死ぬにも死ねぬと悔し涙に暮れておる。まったくもって哀れなものだ」

しんみりと語る男の様子に、おしのはだんだんイライラしてきた。

こっちの心配も知らないで、他人のことをくどくどと。

大体なんだい、その情けない侍は。口では死ぬと言いながら、土壇場になって怖気《おじけ》づいただけじゃないいか。半端にやられて泣くくらいなら、銃弾の中に飛び込んで死んでしまえばよかったのに。

そんな女の気も知らず、保次郎は話を続ける。

「奴はこの先も官軍と戦う気でいる。撃たれて死んだ者のためにも、せめて一矢《いっし》を報いたいくと」

「気持ちはわかりんすがねぇ」

一応気持ちをおもんぱかって、口先だけの同意をする。すると男が我が意を得たりと大きく身を乗り出した。

「ならば、俺の気持ちもわかるだろう」

「えっ」

「彰義隊士は見つけ次第斬り捨て御免。匿《かくま》った者もただでは済まぬ。このまま江戸に留まれば、無為に命を落とすだけだ。だから俺は……奴を会津に連れて行く。友の命をかけた願いを何としてでも全《まっと》うさせたい」

真っ直ぐな目で訴えられて、真っ青になって首を振った。

「よしなんし！　ぬしはもう侍じゃありんせん。女子供というわけでなし、大の男が己で決めて戦をしたんでござんしょう。どうなろうともそちらの勝手、ぬしが付き合う義理などおっせん」

「だが、あやつは手負いだ。とてもひとりで落ち延びることなどできまい」

「捕えられて死んだとしても、それは先刻承知のはず。だいたいぬしはやめておけと散々止めたはずざんしょう。人の話を聞かずにおいて後になって頼るなんざぁ、とんだ甘ちゃんだ」

「おしの、奴とて俺に関わるなと言っている。だが、俺があやつを見捨てられん」

「どうして」

怒った顔で詰め寄ると、男が小さく苦笑した。

「……俺は確かに刀を捨てた。だが、男を捨てたわけではない」

呟くような言葉を聞いて、おしのは言葉を失った。

「お前が俺の身を案じているのは承知している。だが、わかってくれ。入江順之助はまだ十八、たった十八の若者が、大人の捨てた武士の意地を貫こうとしているのだ。俺は年長の友として、とても見殺しにはできぬ。無事に会津へ落ち延びられれば、おのずと道も開けよう。そこまでどうしても見届けたいのだ」

嚙み締めるような低い声が凍った心に突き刺さる。

気が付けば——震える声で尋ねていた。

「ぬしゃあ……言い交わした女より、そのお人のほうが大事だとおっせえすか」

「そういうことではない」

「彰義隊士を匿えば、匿った者も罪になるんでありんしょう。まして連れ立って逃げたりしたら、ぬしも隊士と思われる。そうまで命を張るってこたぁ、わっちよりそのお人を取るってことだ」

「馬鹿なことを。十八の若者が命がけでことを成そうとしているのだ。男として、友として、手助けするのは当然だ」

ものわかりの悪さに苛立つように、聞こえよがしに舌打ちされた。

それでも、おしのは口を閉じなかった。

いや――閉じられなかった。

「……わっちゃあ、十五でありんした」

「なに」

「十五で廓に売られたとき、わっちは泣いて嫌がった。はじめて客を取ったときも、遣手に折檻されたときも、泣いて周りに助けを求めた。だけど、誰も助けちゃくれなかった」

「……お前……」

困惑したような表情で男がこちらを見詰めている。その眼差しでようやく涙に気づいたが、言葉が勝手にこぼれるように涙も自然とあふれ出てくる。

「でもねぇ、それが当然なんだ。誰だって誰からも守ってもらえずに、からっ風の中で生きてんだもの。だからこそ、ぬしと一緒になれると知って……わっちはなんて果報者だと、ありがたくって涙が出たのさ」

「おしの」

呼びかけられたがもう止まらない。

抑え続けた自分の本音が腹の底から飛び出していく。

「十八の男が命がけでかわいそう？　なに寝ぼけたことを言ってんだい。女だったら赤ん坊のひとりや二人、己の命と引き換えに産み落としている年じゃないか。しかも誰のせいでもない、自分が好きで選んだことだろ。それのどこがかわいそうさ！」

叫ぶように言ってから、男の顔がつらそうにゆがんでいることに気がついた。

とはいえ一度出たものは、もはや戻しようがない。

気まずくなって黙っていると、

「お前の気持ちは、よくわかった。それでも……俺は、友を助けたい。身勝手は重々承知だが、金を貸してもらえぬか」

言いながらその場に手をつかれ、おしのは呆然と男を見下ろす。

「ぬしさん」

「俺は必ず生きて帰ってくる。借りた金もきっと返す。だから……頼む。品川に戻る時間はないのだ」

ただの幼馴染みにどうしてそこまで肩入れするのか、おしのにはまるでわからなかった。

わかっているのはひとつだけ。

摑んだはずの幸せが、こぼれ落ちようとしていること。

（あたしが何を言ったって、この人は会津に行ってしまう）

という事実。

剣術の名人ならいざ知らず、保次郎の腕は十人並みらしい。しかも怪我人を連れての逃避行だ。絶対捕まるに決まっている。

それでも。

頭を下げて金を借り、ひとつしかない命をかけて。

（……ふざけんじゃないよ）

気が付けば、怒りが全身を支配していた。知らず身体が震えだす。

見たこともない彰義隊士が心の底から憎らしかった。

男のくせに、武士のくせに、大事にされるその男が。

口を開けば罵倒しそうで、何も言葉を言い出せない。その様子にあきらめたのか、保次郎が静かに立ち上がった。

応えぬ女に腹を立てたか、すっかり愛想が尽きたのか。

目も合わせずに背中を向ける男の姿を見た瞬間、

「馬鹿っ」

おしのは叫ぶなり、しっかり両手で抱いていた巾着袋を投げつけた。中には二朱銀三十五枚、小判に直せば四両ちょっと。

「そいつぁ、ぬしの香典だ。生きて帰ってきたときは必ず返してもらうからね」

真っ赤になって睨みつけると、「すまん」と呟く声が聞こえた。

そして男は巾着を手にきしむ階段を下りて行く。若い衆が「おや、遊んでいかないんで」と呼び止める声がした。

(そう、遊んでいかないんだ。その朴念仁《ぼくねんじん》は、二世を誓った女より幼馴染みが大事だってんだから)

腹の中で代わって答え、おしのは知らず歯軋《はぎし》りをする。

こんな間抜けな話はない。

やっと迎える年季明け前に、惚れた男に逃げられて。

命の次に大切な虎の子の銭まで失って。

(あたしゃ、この先どうなるんだろう)

思った瞬間、ふっと支えを失くしたようにその場にしゃがみこんでいた。

今ここでなりふりかまわずしがみついたらよかったのか。もしも行ったら死んでやると、泣いて喚いてすがりついたら、男も折れてくれただろうか。

そんなことさえ思ったけれど、やってもきっと無駄だったろう。

(だって、あたしの惚れた人だもの。一度やると決めちまったら、誰がなんと言ったって聞くもんじゃない)

だからこそ、自分と所帯を持つために家も刀も捨ててくれた。周囲の言葉に屈することなく、思いを通してくれたのだ。

だから――どうしても止められないのなら。

せめて……無事に帰ってきて。

そう思ってしまったら、金を渡さずにいられなかった。

「畜生、畜生、畜生!」

「ちょいと、しの梅さん。えらい騒ぎだけど一体何があったのさ」

力任せに畳を叩けば、恐々《こわごわ》声がかけられる。

「何もありゃしない。ほっといとくれ」

「保次郎さんとケンカでもしたのかい」

「うるさいねっ。どうせあたしゃ、男に男を奪われた哀れな女郎さ。畜生、衆道《しゅどう》野郎め。どうして吉原《なか》にきやがった」

「ちょっと、ちょっと。なんだい、保次郎さんて衆道なのかい」

「知るもんかっ」

「だって、今あんた……」

「どいつもこいつもうるさいよ！」

「うるさいのはあんただろうに」

　あきれたような声を聞きつつ、おしのは畳を叩き続けた。


　慶応四年九月に元号は「明治」と改まり――その年の暮れ。

「結局、帰ってこなかったねぇ」

「覚悟はしておざんした」

　暗い女将とは裏腹に、おしのはさばさばと返事をした。

「それで、吉原《こ こ》を出てからどうすんだい。いくら名前が変わったところで、江戸はまだまだ不景気だ。いっそのこと故郷《くに》に帰ってみちゃどうだい」

「こねぇに白粉《おしろい》くさくなって、百姓なんざぁできんせんよ」

「ならさぁ、別の男のところにお行きよ。十五まで外で育ったあんたなら、家のことは並み一通りできんだろ。そういう女は女郎としちゃあぱっとしないが、いろいろつぶしがきくもんさ」

ここぞと身を乗り出されたが、笑って首を左右に振った。

「あの人が死んだと決まったわけじゃなし」

「けどねぇ、もう半年以上音沙汰がないんだよ。残党狩りはあの通りだし、とても生きているとは思えないけどねぇ」

これ見よがしに肩を落とされ、さすがのおしのも言葉に詰まった。

——彰義隊士は三日間斬り捨て御免、匿いし者は同罪とする。

この触れには、幕府贔屓の江戸っ子もたちどころに震え上がった。気持ちの上では同情しても、巻き込まれるのはまっぴらだ。結果、隊士の身内までもが門を固く閉ざしたほど。

噂によれば上野戦争で死亡した隊士は三百名足らず。生き残った者は「会津で」と言い合いながら、散り散りに去っていったという。

果たしてそのうちの幾人が会津の地を踏めたものか。密告によって斬られたり、捕えられたりした者も多いと聞く。

「便りがないのはいい便りとか。気長に待つことにいたしんす」

呑気な女の言い分に女将が渋い顔をする。

「そうは言ってもどうすんだい。まさか養子先にねじ込もうってんじゃないだろうね」

「腹に子がいるわけじゃなし。品川には行きんすが、仲居でも飯盛りでも、とにかくおいてもらえりゃあ」

「なんだえ、この妓は。保次郎さんさえしっかりしてりゃ、そこのお内儀になるはずだったってのに」

「仕方おざんせん」

「あぁ、まったく。あの人も馬鹿なことをしたもんだ。変な男気を出したばっかりに、あたら命を無駄にして。あんたも、あんただ。なにも金まで持たせるこたぁなかったんだよ」

ジロリと睨みつけられたが、おしのは苦笑するばかりだ。

ここまで気持ちを固める間、いろいろジタバタ考えた。迷いもしたし、後悔もした。どうしてあたしばっかりがと、己の運命《さだめ》を恨んだりした。

それでも何度振り返っても――ほかに選べる道はなかった。

そう思ったら、迷いが消えた。

「病もせずに、無事年季が明けるだけでも大した果報。女将さん、ながなが世話になりんした」

礼を言って立ち上がると、慌てたような声がかかる。

「しの梅、どこに行くんだい」

「九郎助稲荷にお礼参り。すぐ戻りんす」

おしのは短く返事をすると見世を出るなり首をすくめ、下駄を鳴らして歩き出した。

ここで暮らして十二年、思えばずいぶん経ったものだ。

生きてさえいれば、保次郎は品川に戻るだろう。それがいつになろうとも、死ぬまで待とうと心に決めた。

いいことなんてあるはずないとあきらめていた人生だ。たとえこの先無駄になろうと、何の惜しいことがある。

冷たい空気を吸い込みながら、師走の人ごみを縫うように通い慣れた道を進んでいく。

北の方では今もなお官軍との戦が続いていると聞く。

だが、江戸は「東京」となり、次の時代に足を踏み出そうとしている。

新しい年を迎えんとする町に満ちた高ぶりは、その表れに違いなかった。

(あたしも、ここを出て仕切り直しだ)

そんなことを思いつつ、九郎助稲荷の前まで来たとき、

「おしの」

忘れられない声を聞き、半信半疑で振り向いた。

解説

大矢《おおや》博子《ひろこ》
（文芸評論家）

第二話「色男《いろおとこ》」の花魁《おいらん》・朝霧《あさぎり》が、くらくらするほど格好いい。

朝霧が客の座敷に呼ばれていたとき、その客の甥《おい》が訪ねてきた。金の無心である。無粋にもほどがある。あまりのみっともなさに思わず口を挟むと「女郎の分際で」と言われた。そこで朝霧がこう返す。

「女郎ごときに説教される筋合いでないとおっせぇすなら、こねぇなところで金の無心をいたしんすな。ここの女は我が身を売って、家のため男のために金を作った者ばかり。無力な女すらそうして金を作るというに、大の男が身内に強請《ねだ》るばかりとは。ぬしはそれでも侍ざんすか」

後で同じ座敷にいた新造《しんぞ》（花魁の妹分）が「さすが花魁、わっちは胸がすきんした」と言うのだが、読者もこの新造とまったく同じ気分になる。ほんとに胸がすきんした。

だが、そこでふと我に返った。

格好いい。惚《ほ》れ惚《ぼ》れする。けれど本人も言っているではないか。家のため男のために我が身を売ったのだと。確かに見た目は艶《あで》やかだが、その裏には並々ならぬ苦労がある。それは本来、同情こそすれ、安易に格好いいなどと言っていいものか。

しかし格好いいものは格好いい、のである。ではなぜ私たちは、彼女を格好いいと思うのか。それは、この朝霧の言葉が吉原《よしわら》の「張り」を見せているからに他ならない。

この「張り」という言葉は作中にも随所に登場するが、プライド、あるいは矜持《きょうじ》と表現するのが近いだろう。意地を張る、の張りである。当時の遊女たちを指して「江戸（吉原）の気風《きふう》に京（島原《しまばら》）の器量、長崎《ながさき》（丸山《まるやま》）の衣装で三拍子揃う」と言われたそうだが、この気風が「張り」だ。

そして本書『ひやかし』は、その吉原の遊女たちの「張り」をさまざまな角度から見せてくれる作品集なのである。

本書には吉原を舞台にした五つの短編が収められている。

順序が逆になったが、一作目の「素見《ひやかし》」は小説宝石新人賞受賞作であり、中島要《なかじまかなめ》デビューのきっかけとなった作品だ。父の不祥事が原因で藩を追われた武士の娘・なつが、ついには実兄に吉原へ売られてしまう。我が身の不幸を嘆《なげ》くばかりだったなつだが、見世の外からじっと彼女を見つめる浪人に気付くことで、徐々に変わっていく物語だ。その浪人は話しかけるでもなく、ましてや登楼するでもなく、ただじっと見ているのである。

前述の「色男」は、既に名を為した花魁・朝霧が主人公。その気風に惚れ込んだお大尽《だいじん》から身請《みう》け話を持ちかけられ、それがどれほど幸せなことか重々承知しながらも、過去に真から惚れた男を忘れることができない。

三作目「泣声《なきごえ》」は、客を取るのが嫌さに自害した遊女の話から始まる。彼女は大店《おおだな》のお嬢様だったが、店が傾《かたむ》き、売られたのだ。しかし他の遊女の目は冷たい。ここにいるのは同じような境遇の女ばかり、世間知らずが勝手に死んで、恨《うら》んで出るのは筋違いとすら考えている。

四作目「真贋《しんがん》」は少し毛色が異なる。悪党の一派として贋作《がんさく》絵を描いている男が、昔騙《だま》した女と再会する。女は裕福な商家の娘で、駆け落ちを持ちかけて金だけ騙しとり、女は宿《しゅく》場《ば》に捨てて来たのだ。現在、女は吉原の切見世（最下級の遊び場）で身を売っているという。

そして掉尾《ちょうび》を飾る「夜明《よあけ》」は幕末が舞台。すでに大政奉還《たいせいほうかん》がなされ、新政府軍が江戸に入ってきた。遊女のしの梅《うめ》には、年季が明けたら一緒になろうと約束していた男がいたが、彼は彰義隊《しょうぎたい》の幼なじみを会津《あいづ》に連れていくと言い出した。

五作通して描かれるのは、傾城《けいせい》の花魁であろうが切見世の遊女であろうが、望んでそうなった者などひとりもいないという厳然たる事実だ。家族のため、男のため、金で売られた。そして、好きでもない男に体を開く。

さらに彼女たちからは、自由も奪われる。遊女を辞める自由も外へ出る自由もない。大抵の遊女は二十八歳で年季が明け、建前としては自由の身になるが、かといって幼い頃からの遊廓《ゆうかく》暮らしでは市井《しせい》で暮らす術《すべ》を知らない。年季明けに惚れた男と一緒になるなど万に一つの幸運で、金持ちに身請《みう》けされれば充分な幸せ、あとは吉原の中で裏方の仕事に就くか、でなければ他の岡場所でもっと安い値段で体を売るしかない。

だからこそ、である。

だからこそ、心を強く持たねば、やっていけない。

自分の意志で仕事を変えることも、好きな人と添うこともできない。変えられない運命ならば、いっそ潔《いさぎよ》く運命に従い、そこで大輪の花を咲かせる。嘘《うそ》の花かもしれない。狂い咲きかもしれない。けれどそれでも、誰もが憧《あこが》れるひときわ艶やかな花になる。――それが、一切の自由を奪われた遊女が自力で運命に打ち勝つ、たったひとつの方法なのではないだろうか。

その途中には、病気や折檻《せっかん》で命を落とす女もいる。容貌《ようぼう》や資質が足りず、底辺から上がれない女もいる。そんな競争に勝ち抜いて手にした花魁の地位だからこそ、吉原の「張り」は悲しく、そして気高い。

「色男」の朝霧は「まったくどいつもこいつも、わっちらが好き好んでこうなったと思いなんすか」と心で詰《なじ》り、「この顔と身体は値千金。元手いらずのそこらの地女《しろうと》とは違うんざます」と自分に言い聞かせる。彼女にとってはプライドこそが、自分を不幸な女にしておかない唯一《ゆいいつ》の武器なのだ。

また、「夜明」のしの梅は、友と一緒に会津に行く、十八の若者が命がけで事を成そうとしているのだから、男として友として手助けするのは当然という情人に「わっちゃあ、十五でありんした」「十五で廓に売られたとき、わっちは泣いて嫌がった。(中略)誰も助けちゃくれなかった」と返す。そして思いの丈《たけ》をぶつけるのである。

「十八の男が命がけでかわいそう? なに寝ぼけたことを言ってんだい。女だったら赤ん坊のひとりや二人、己の命と引き換えに産み落としている年じゃないか。しかも誰のせいでもない、自分が好きで選んだことだろ。それのどこがかわいそうさ!」

自分のせいじゃないことで、自分が選んだわけじゃない道に入らざるを得なかったしの梅。彼女にしてみれば、男の言うことはただセンチメンタルなだけの甘えだ。最初は廓言葉だったのが徐々に地が出てくることに気付かれたい。彼女の悲鳴が聞こえるようだ。

「素見」のなつにも心打たれる。ここに書くわけにはいかないが、最後の一行は、彼女が自分の宿命を正面から受け入れ、ここでやっていくんだと初めて前を向いたことを表している。その凛《りん》とした強さと、強さを得るに至った過程の残酷さが印象的だ。

自由と引き換えに育てたプライド。自由の代償に得た強さ。

自由に甘えて自分の弱さを赦してきた我々は、だから、朝霧の悲しみと気高さに裏打ちされた啖呵《たんか》を格好いいと思い、しの梅のほとばしる本音に心を揺さぶられ、なつの敢然と宿命に添う決意に背筋が伸びるのである。

「泣声」「真贋」に触れる紙幅がなくなったが、この二作もそれぞれに異なった女の「張り」を見せてくれる。毅然《きぜん》として運命を受け入れる。それが運命と戦うことになる。だから、悲しい女の話なのに、読み終わると力が湧《わ》く。心に芯が通る。そんな五人の女の物語を、どうか堪能されたい。

その吉原の「張り」をさらにドラマティックに盛り上げるのが、中島要の文章だ。

所詮《しょせん》吉原廓《くるわ》の恋は、金が咲かせる嘘の花。金が尽きれば散るのが運命《さだめ》。それを忘れて後悔するのは、客も女郎も同じこと。万にひとつで真実《まこと》が咲けば、嘘の花より手に負えない。

体言止めを多用し、随所に七五調を混ぜ、まるで講談を聞いているかのような文体が心地よく流れる。こういった文体はともすれば物語をフィクショナルに演出しすぎてしまうものだが、本書はそのバランスが絶妙だ。講談調の中に、決してシンプルとは言えない吉原のシステムやルールが違和感無く描写されることで、全体の雰囲気を保ったまま、この独特な世界の仕組みを読者に届けているのである。時代小説は読者の理解を得るために、どうしても言葉や文化、決まり事などの解説が避けて通れないジャンルだ。けれど中島要はその解説を、物語にとけ込ませるのが抜群に巧《うま》い作家なのだ。

初めて活字になったのが「素見」だったので、もともとこういう文章を書く人なのかと思っていた。しかし、医師を主人公にした『刀圭《とうけい》』(光文社文庫)では長屋住まいの町人たちをリアルに、人情話の『江戸の茶碗　まっくら長屋騒動記』(祥伝社)はまるで落語のように、「着物始末暦」シリーズ(ハルキ文庫)では市井の人々を江戸の季節感たっぷりに生き生きと、『かりんとう侍』(双葉社)は幕末の若者を爽《さわ》やかに、描いている。人物、物語、そして文体がひとつになって、世界を作り上げているのだ。この技術は只者ではない。

中島要は、今、最も生きのいい時代小説家のひとりだ。その出発点がここにある。花魁の気高い「張り」を、声に出して読みたくなる文章とともに、存分に味わっていただきたい。

初出一覧

素見　「小説宝石」二〇〇八年六月号
（第二回小説宝石新人賞受賞作）
色男　「小説宝石」二〇〇八年九月号
泣声　「小説宝石」二〇〇九年一月号
真贋　「小説宝石」二〇〇九年六月号
夜明　「小説宝石」二〇〇九年八月号

二〇一一年六月　光文社刊

光文社文庫

連作時代小説集
ひ や か し
著 者 中《なか》 島《じま》 要《かなめ》

2014年5月20日 初版1刷発行
2014年6月15日 2刷発行

発行者 駒井稔
印 刷 堀内印刷
製 本 榎本製本

発行所 株式会社 光文社
〒112-8011 東京都文京区音羽1-16-6
電話 (03)5395-8149 編集部
8116 書籍販売部
8125 業務部

落丁本・乱丁本は業務部にご連絡くだされば、お取替えいたします。
ISBN978-4-334-76744-0 Printed in Japan

組版 萩原印刷

お願い　光文社文庫をお読みになって、いかがでございましたか。「読後の感想」を編集部あてに、ぜひお送りください。

このほか光文社文庫では、どんな本をお読みになりましたか。これから、どういう本をご希望ですか。どの本も、誤植がないようつとめていますが、もしお気づきの点がございましたら、お教えください。ご職業、ご年齢などもお書きそえいただければ幸いです。当社の規定により本来の目的以外に使用せず、大切に扱わせていただきます。

光文社文庫編集部

◇◇◇◇◇◇◇◇ 光文社時代小説文庫　好評既刊 ◇◇◇◇◇◇◇◇